Gota d'água

Chico Buarque
Paulo Pontes

Gota d'água

INSPIRADO EM CONCEPÇÃO DE
Oduvaldo Vianna Filho

57ª edição

Rio de Janeiro
2025

Copyright © Chico Buarque e Paulo Pontes, 1973

CAPA
Evelyn Grumach

PROJETO GRÁFICO
Evelyn Grumach e João de Souza Leite

CIP-BRASIL. CATALOGAÇÃO NA FONTE
SINDICATO NACIONAL DOS EDITORES DE LIVROS, RJ

Buarque, Chico, 1944-
B931g   Gota d'água/Chico Buarque, Paulo Pontes; inspirado em
57ª ed. concepção de Oduvaldo Vianna Filho. – 57ª ed. –
Rio de Janeiro: Civilização Brasileira, 2025.

ISBN 978-85-200-0390-9

1. Teatro brasileiro (Literatura). I. Pontes, Paulo, 1940-1976.
II. Título.

                         CDD: 869.92
96-0680   CDU: 869.0(81)-2

EDITORA AFILIADA

Todos os direitos reservados. Proibida a reprodução, armazenamento ou transmissão de partes deste livro, através de quaisquer meios, sem prévia autorização por escrito.

Texto revisado segundo o novo Acordo Ortográfico da Língua Portuguesa.

Direitos desta edição adquiridos pela
EDITORA CIVILIZAÇÃO BRASILEIRA
um selo EDITORA JOSÉ OLYMPIO LTDA.
Rua Argentina, 171 – Rio de Janeiro, RJ – 20921-380 –
Tel.: (21) 2585-2000

Seja um leitor preferencial Record.
Cadastre-se no site www.record.com.br e receba informações sobre nossos lançamentos e nossas promoções.

Atendimento e venda direta ao leitor:
sac@record.com.br

Impresso no Brasil
2025

Sumário

Apresentação 9

Lista dos personagens 21

Gota d'água 23

*Dedicamos esta peça à memória de
Oduvaldo Vianna Filho.*

A esta altura do nosso trabalho, já com os ensaios bastante adiantados, seria impossível levantar o mundo de intenções que *Gota d'água* contém — nossas, do Ratto, do elenco, de Dory e Luciano. O que não nos impede de ir pro inferno — ao contrário, ajuda. Podemos, entretanto, esquematicamente, esboçar as preocupações fundamentais que a nossa peça procura refletir. A primeira e mais importante de todas se refere a uma face da sociedade brasileira que ganhou relevo nos últimos anos: a experiência capitalista que se vem implantando aqui — radical, violentamente predatória, impiedosamente seletiva — adquiriu um trágico dinamismo. O santo que produziu o milagre é conhecido por todas as pessoas de boa-fé e bom nível de informação: a brutal concentração da riqueza elevou, ao paroxismo, a capacidade de consumo de bens duráveis de uma parte da população, enquanto a maioria ficou no ora veja. Forçar a acumulação de capital através da drenagem de renda das classes subalternas não é novidade nenhuma. Novidade é o grau, nunca ousado antes, de transferência de renda, de baixo para cima. Alguns economistas identificados com a fase anterior afirmam que a saída era previsível, mas, de tão radical, impensável, dado o grau de pauperismo em que já vivia a maioria da população. No futuro, quando se puder medir o nível de desgaste a que foram submetidas as classes subalternas, nós vamos descobrir que a revolução industrial inglesa foi um movimento filantrópico, comparado com o que se fez para acumular o capital do milagre. O certo é que, à falta de alternativa melhor, a experiência foi posta em prática e se "consolidou".

É indiscutível que o autoritarismo foi condição necessária à implantação de um modelo de organização social tão radicalmente antipopular. A autoridade rigidamente centralizada permitiu que se pusesse em prática o elenco de medidas (políticas salarial, monetária, tributária etc.) que modernizaram, à feição capitalista, uma parte da sociedade brasileira, enquanto se intensificava o processo de empobrecimento da parte maior. Mas isso não explica tudo. Achar que o autoritarismo foi o único instrumento da imobilização imposta às classes subalternas, no Brasil, nos últimos anos, equivale a dizer que as forças políticas no poder coagularam as relações entre as classes sociais, que todas as forças sociais ficaram paradas, contra a vontade, assistindo às classes dominantes fazerem seu carnaval, sozinhas. E isso não é verdade. No movimento que redundou num avanço tão grande dos interesses das classes dominantes sobre os das classes subalternas, as camadas médias têm desempenhado um papel fundamental. Elas, ao lado do autoritarismo, e de forma mais profunda, têm legitimado o milagre. Seria ingênuo, a partir daí, fazer qualquer julgamento moral da classe média brasileira. Se a raiz desse problema fosse moral, viver não dava trabalho nenhum. A verdade é que o capitalismo caboclo atribuiu uma função, no tecido produtivo, aos setores mais qualificados das camadas médias. Não apenas como compradores, beneficiários do desvario consumista, mas, sobretudo, como agentes da atividade econômica. Em outras palavras, o capitalismo caboclo começou a ser capaz de cooptar os melhores quadros que a sociedade vai formando. E isso, de certa forma, é inédito no Brasil.

Este sempre foi um país dependente. A nossa história tem sido, também, a história dos conflitos entre as diversas matrizes e os interesses legítimos, *nacionais*, que se foram criando aqui. Ao longo dessa história correram, paralelas e quase sempre isoladas uma da outra, duas culturas: uma, elitista, colonizadora, transposta da matriz para cá; a outra, popular, abafada, nascida da existência social concreta das classes subalternas. A cultura da elite nunca foi capaz de penetrar profundamente até as bases da sociedade, nem foi capaz de assimilar valores da cultura popular, fundamentalmente porque a economia brasileira, que se desenvolveu sempre num quadro de dependência, em nenhum momento foi capaz de incluir, ativamente, em seu processo, as amplas camadas inferiores da população. Entre os dois polos, as camadas médias desenvolveram, sempre, um movimento pendular. Muitas vezes divididas, quase sempre tributárias dos interesses das classes dominantes, mas, em alguns momentos, próximas das classes subalternas, as camadas médias têm sido o fiel da balança na correlação de forças políticas. Uma economia dependente, de feição pré-capitalista que, além de excluir as camadas inferiores, relegava setores qualificados das populações urbanas a uma posição parasitária, estimulava essa oscilação no interior das camadas médias. A partir da chamada política de substituição de importações e, sensivelmente, com a implantação do modelo atual, que acelera brutalmente a modernização do tecido produtivo, é que o capitalismo começa a atribuir uma função dinâmica às camadas médias da sociedade, numa escala que privilegia os melhores quadros que vão surgindo. A economia é cada vez mais dependente e, por isso, cada vez mais seletiva. Mas há algo de politicamente diabólico no processo de seleção posto em prática: em cem, assimila trinta; só que os trinta são os mais *capazes*. O que acabou foi a incapacidade, pré-capitalista, que essa economia tinha de cooptar os *melhores*.

Se é certo que não há (ou há muito pouca) tradição revolucionária no Brasil, é nítido que havia uma tradição de rebeldia nascida e alimentada nos setores intelectualizados da pequena burguesia brasileira (profissionais liberais, estudantes, escritores, artistas, políticos etc.). Em épocas distintas, e com matizes diversos, os contornos dessa linha de tradição podem ser traçados com nitidez: vem de Gregório de Matos a Plínio Marcos; está em Castro Alves, mas também está em Augusto dos Anjos; ela está madura, consciente, em Graciliano, e corrosiva, em Oswald de Andrade; está em Caetano Veloso, mas já esteve em Noel Rosa; esteve em 22, e também no Arena, no Oficina, no Opinião e no Cinema Novo, para citar apenas nomes e movimentos ligados à arte. A ironia, o deboche, a boêmia, a indagação desesperada, a anarquia, o fascínio pela utopia, um certo orgulho da própria marginalidade, o apetite pelo novo são algumas marcas dessa nossa tradição de rebeldia pequeno-burguesa. Hoje é possível perceber que essa rebeldia era fruto da incapacidade que os diversos projetos colonizadores sempre tiveram em assimilar amplos setores das camadas médias e dar-lhes uma função dinâmica no processo social. O que estava reservado ao intelectual pequeno-burguês antes do período a que estamos nos referindo? O jornalismo mal pago, o funcionalismo público, uma cadeira de professor de liceu, o botequim, a utopia, a rebeldia. Por falta de função ele era posto à margem. Até muito pouco tempo eram muito poucas as opções do estudante universitário — tudo era criado fora, o carro, a geladeira e a ideologia. Assim, o sistema econômico não tinha como assimilar a capacidade criadora dos melhores quadros da pequena burguesia que ficavam colocados, perigosamente, no limite da rebeldia. O que acontece agora, inversamente, é que a radical experiência capitalista que se faz aqui começa a dar sentido produtivo à atividade dos setores intelectualizados da pequena burguesia: na tecnocracia, no planejamento, nos meios de comunicação, na propaganda, nas carreiras técnicas qualificadas, na vida acadêmica orientada num sentido cada vez mais pragmático etc. O disco, o livro, o filme, a dramaturgia começam a ser produtos industriais. O sistema não coopta todos porque o capitalismo é, por natureza, seletivo. Mas atrai os mais *capazes*.

Assim, ao contrário de imobilidade, houve um significativo movimento nas relações entre as classes sociais, cujo eixo foi a classe média brasileira, assimilada por uma economia cuja forma de acumulação dominante é não apenas capitalista, mas também se dá num quadro de dependência, o que a torna ainda mais predatória, para os que ficam à margem, mas intensifica a participação dos que são incluídos em seu processo. O inconformismo e a disponibilidade ideológica de setores da pequena burguesia foram, em muitos momentos de nossa história, instrumentos de expressão das necessidades das classes subalternas. Amortecendo-os, as classes dominantes produziram o corte que seccionou a base dos segmentos superiores da hierarquia social. Isoladas, às classes subalternas restou a marginalidade abafada, contida, sem saída. Individualmente, ou em grupo, um homem *capaz*, ou uma elite das camadas inferiores podem ascender e entrar na ciranda. Como classe, estão reduzidas à indigência política.

Procuremos, agora, fazer a distinção necessária entre capitalismo e autoritarismo. Se o segundo foi condição para a consolidação do primeiro, é indispensável perceber que estamos diante de categorias distintas e, a esta altura, em certo grau, contraditórias. Há um conflito nítido, hoje, entre a complexidade e diversidade de interesses desta sociedade, e o Estado inflexível, estreito, que a está dirigindo e ajudou a implantá-la em passado recente. O centro da crise política que as classes dominantes estão vivendo hoje, no Brasil, é este: como criar formas de convivência política entre interesses tão diversos e, em muitos casos, contraditórios, mantendo as classes subalternas em estado de relativa imobilidade. Enquanto a tão solicitada imaginação criadora dos políticos não resolve o dilema, a crise se aprofunda, com as cabeças mais lúcidas do sistema pedindo afrouxamento do cinto. O capitalismo, agora, precisa de um Estado mais aberto porque já foi capaz, na prática, de assimilar os focos de rebeldia. Ao mesmo tempo, se a abertura chegar ao pessoal lá de baixo... Se correr o bicho pega, se ficar o bicho come.

Gota d'água, a tragédia, é uma reflexão sobre esse movimento que se operou no interior da sociedade, encurralando as classes subalternas. É uma reflexão insuficiente, simplificadora, ainda perplexa, não tão substantiva quanto é necessário, pois o quadro é muito complexo e só agora emerge das sombras do processo social para se constituir no traço dominante do perfil da vida brasileira atual. De tão significativo, o quadro exige a atenção das melhores energias da cultura brasileira; necessita não de uma peça, mas de uma dramaturgia inteira. Procuramos, pelo menos, diante de todas as limitações, encarar a tragédia de frente, enfrentar a sua concretude, não escamotear a complexidade da situação com a adjetivação raivosa e vã.

A segunda preocupação do nosso trabalho diz respeito ao problema cultural, cuja formulação ajuda a compreender o que foi dito acima: o povo sumiu da cultura produzida no Brasil — dos jornais, dos filmes, das peças, da TV, da literatura etc. Isolado, seccionado, sem ter onde nem como exprimir seus interesses, desaparecido da vida política, o povo brasileiro deixou de ser o centro da cultura brasileira. Ficou reduzido às estatísticas e às manchetes dos jornais de crime. Povo, só como exótico, pitoresco ou marginal. Chegou uma hora em que até a palavra povo saiu de circulação. Nossa produção cultural, claro, não ganhou com o sumiço.

A partir da década de 1950 um contingente cada vez maior da intelectualidade foi percebendo que a classe média de um país como o nosso — colonizado, desviado do controle sobre seu próprio destino — vive dilacerada, sem identidade, não se reconhece no que produz, no que faz e no que diz. Ela só tem chance de sair da perplexidade quando se descobre ligada à vida concreta do povo, quando faz das aspirações do povo um projeto que dê sentido à sua vida. Isso porque o povo, mesmo expropriado de seus instrumentos de afirmação, ocupa o centro da realidade — tem aspirações, passado, tem história, tem experiência, concretude, tem sentido. É, por conseguinte, a única fonte de identidade nacional. Qualquer projeto nacional legítimo tem que sair dele. Pouco mais de quinze anos de democracia foram capazes de gerar o processo de intercomunicação entre as classes sociais não comprometidas com a expropriação da riqueza nacional e um setor cada vez mais amplo da classe média se unia às camadas populares para formar um perfil do povo brasileiro ideologicamente mais complexo. Povo deixava de ser, assim, o rebanho de marginalizados; politicamente, povo brasileiro era todo indivíduo, grupo ou classe social naturalmente identificados com os interesses nacionais. Em contato direto com as classes subalternas, a intelectualidade, raquítica e litorânea, ia percebendo que era, também, povo, isto é, que tinha uma história a fazer, uma realidade para transformar à sua feição, tinha responsabilidades, aliados, tinha, enfim, sentido. A aliança resultou numa das fases mais criativas da cultura brasileira, neste século. Foi daí que saiu a nossa melhor dramaturgia, que vai de Jorge Andrade a Plínio Marcos, passando por Vianninha, Guarnieri, Dias, Callado, Millôr, Boal etc.; dessa aliança saíram o Arena, o Oficina, o Opinião; saiu o Cinema Novo; saiu a melhor música popular brasileira; o pensamento econômico amadureceu; nasceu uma sociologia interessada em descobrir saídas para o impasse do terceiro mundo e não apenas preocupada em catalogar aspectos pitorescos e idiossincrasias do povo. A partir de 1964, a pressão de duas forças convergentes interrompeu o processo: o autoritarismo, impedindo o diálogo aberto da intelectualidade com as camadas populares; e a acelerada *modernização* do processo produtivo, assimilando e dando um caráter industrial, imediato, à produção de cultura. A interrupção deixou a cultura brasileira no ora veja. Artistas, escritores, estudantes, intelectuais, arrancados do povo, a fonte de concretude de seu trabalho criador, caíram na perplexidade, na indecisão, no vazio, mazelas conhecidas da classe média, quando fica reduzida à sua impotência. O desespero, o esteticismo, a omissão, o povo folclorizado, a importação de vanguardismo, o deboche, o autodeboche foram alguns sintomas nascidos da falta de substância social (do povo) na cultura brasileira. Agora que a experiência de todos esses anos já nos permite uma avaliação, fica cada vez mais claro que nós temos que tentar, de todas as maneiras, a reaproximação com nossa única fonte de concretude, de substância e até de originalidade: o povo brasileiro. Esta deve ser uma luta, de modo particular, do teatro brasileiro. É preciso, de todas as maneiras, tentar fazer voltar o nosso povo ao nosso palco. Do jeito que estiver ao alcance de cada criador: com o *show*, a comédia de costumes, o esquete, a revista, com a dramaturgia mais ambiciosa, como se puder. O fundamental é que a vida brasileira possa, novamente, ser devolvida, nos palcos, ao público brasileiro. Esta é a segunda preocupação de *Gota d'água*. *Nossa tragédia é uma tragédia da vida brasileira.*

A nossa terceira e última grande preocupação está refletida na forma da peça. No auge da crise expressiva que o teatro brasileiro tem atravessado, a palavra deixou de ser o centro do acontecimento dramático. O corpo do ator, a cenografia, adereços e luz ganharam proeminência, e o diretor assumiu o primeiríssimo plano na hierarquia da criação teatral. As mais indagativas e generosas realizações desse período têm como característica principal a ascendência de estímulos sonoros e visuais sobre a palavra. As causas do fenômeno são conhecidas, mas gostaríamos de chamar a atenção para uma delas, apenas pressentida: ao lado de todas as pressões amesquinhadoras, que tornaram impossível a encenação do discurso dramático claro sobre a realidade brasileira, uma fobia pela razão ia tomando conta de nossa criação teatral. Era improvável que se tratasse de uma *crise da razão*, num país como este, com tudo por ser feito, e estruturado de forma tão irracional que a lógica mais estreitamente cartesiana tem eficácia como instrumento de percepção. O que aconteceu, na verdade, é que as transformações foram se acumulando no interior da sociedade sem que a cultura, posta à margem, se desse conta. Até um ponto em que o processo social ficou muito mais complexo do que a cultura era capaz de entender e formular. E este passou a ser o centro da crise da cultura brasileira: criou-se um abismo entre a complexidade da vida brasileira e a capacidade de sua elite política e intelectual de pensá-la. O desespero, o deboche, a supervalorização dos sentidos etc. — que tomaram conta do nosso melhor teatro em anos recentes — a partir de determinado momento deixaram de ser substitutivos conscientes do realismo policiado e passaram a ser, no plano teatral, a expressão da incapacidade de nossa cultura de perceber e formular, em toda a sua complexidade, a sociedade brasileira atual. Claro que a estreiteza dos limites impostos à criação cultural, no Brasil, é a grande responsável pela crise, mas nós nos iludimos se não reconhecemos que, a partir de determinado momento, houve incapacidade real de pensar nossa realidade. Agora o quadro vai se modificando. Principalmente a partir dos últimos dois anos. A economia, a sociologia, a ciência política, setores da produção cultural voltados para a reflexão, começam a se pronunciar. Celso Furtado, Fernando Henrique Cardoso, Luciano Martins, Antonio Cândido e tantos outros começam a publicar livros e ensaios estimulantes. O jornalismo político tem dado uma colaboração valiosa. Os ciclos do Casa Grande deflagraram o apetite pelo debate. E surge uma forma insuspeitada de análise da sociedade: a tese de doutoramento. Podemos citar, apenas para dar um exemplo da variedade e da eficácia do novo instrumento, as teses

Ideologia da cultura brasileira, de Carlos Guilherme Mota, *Os boias-frias*, de Maria da Conceição, *Capitalismo e marginalidade na América Latina*, de Lúcio Kowarick, *A expressão dramática do homem político em Shakespeare*, de Bárbara Heliodora etc. Aos poucos a sociedade, que estava em sombras, vai ganhando contornos mais nítidos e a cultura brasileira começa a aprofundar a sondagem. Podemos, agora, pelo menos, tentar avaliar.

A forma que nós encontramos para refletir esse estado foi evidenciar a necessidade da palavra voltar a ser o centro do fenômeno dramático. Não foi a razão que fracassou no nosso caso; quem fracassou foi nossa racionalidade estreita. Agora é preciso reinstrumentalizá-la. A linguagem, instrumento do pensamento organizado, tem que ser enriquecida, desdobrada, aprofundada, alçada ao nível que lhe permita captar e revelar a complexidade de nossa situação atual. A palavra, portanto, tem que ser trazida de volta, tem que voltar a ser nossa aliada. Nós escrevemos a peça em versos, intensificando poeticamente um diálogo que podia ser realista, um pouco porque a poesia exprime melhor a densidade de sentimentos que movem os personagens, mas quisemos, sobretudo, com os versos, tentar revalorizar a palavra. Porque um teatro que ambiciona readquirir sua capacidade de compreender tem que entregar, novamente, à múltipla eloquência da palavra, o centro do fenômeno dramático.

Eram essas as nossas preocupações quando começamos a trabalhar em *Gota d'água*. Sabemos que nem este empreendimento, nem outro qualquer, isoladamente, tem possibilidade de dar uma resposta definitiva a todas estas questões. Sejam quais forem os resultados artísticos deste trabalho — e temos consciência das suas limitações —, gostaríamos que ele fosse entendido, apenas, como mais uma tentativa, entre tantas que começam a surgir, de reaproximação do teatro brasileiro com o povo brasileiro.

Para finalizar, agradecemos a tantos amigos que nos ajudaram: Bibi, Ratto, Zuenir Ventura, Ziraldo, Luciano Luciani, Dory Caymmi, Darwin Brandão, a todo o nosso elenco, e especialmente a Oduvaldo Vianna Filho que, ao adaptar *Medeia* para a TV, nos forneceu a indicação de que na densa trama de Eurípedes estavam contidos os elementos da tragédia que queríamos revelar.

PAULO PONTES E CHICO BUARQUE
Rio, 8 de dezembro de 1975

A montagem de *Gota d'água* em São Paulo, em abril de 1977, contou com o seguinte elenco:

JOANA	*Bibi Ferreira*
JASÃO	*Francisco Milani*
CREONTE	*Renato Consorte*
EGEU	*Xandó Batista*
ALMA	*Bethy Caruso*
CORINA	*Liana Duval*
ZAÍRA	*Sonia Guedes*
CACETÃO	*Aldo Bueno*
ESTELA	*Dirce Militello*
MARIA	*Maria Helena Stainer*
NENÊ	*Zelia Silva*
GALEGO	*Cuberos Neto*
XULÉ	*Geraldo Rosa*
BOCA PEQUENA	*Sergio Ropperto*
AMORIM	*Cilas Gregorio*

Grupo de dança: Alna — Cyra — Cremilda — Cristina — Deca — Lysa — Anselmo — Aron — Augusto — Clenn Ibañez Sergio

Orquestra: Cláudio — Davilson — Duda — Homero — Paulo — Sizão

Cenários e figurinos de Walter Bacci
Direção musical de Paulo Herculano
Coreografia de Fernando Azevedo
Administração: Zeno Wilde

DIREÇÃO GERAL: GIANNI RATTO
PRODUÇÃO CASA GRANDE

Gota d'água

Primeiro Ato

O palco vazio com seus vários sets à vista do público; música de orquestra; no set das vizinhas, quatro mulheres começam a estender peças de roupa lavada, lençóis, camisas, camisolas etc.; tempo; CORINA *chega apressada, sendo recebida com ansiedade pelas vizinhas.*

CORINA. Não é certo...
ZAÍRA. Como é que foi?...
ESTELA. Foi lá?
CORINA. Não é certo...
MARIA. Ela não melhorou, não?
CORINA. É de cortar coração...
NENÊ. Mas, e então?
CORINA. Não sei, não dá, certo é que não está
  E olhe bem que aquilo é muito mulher
ZAÍRA. Ela é bem mais mulher que muito macho
ESTELA. Joana é fogo...
MARIA. É fogo...
NENÊ. Joana é o diacho
CORINA. Pois ela está como o diabo quer
  Comadre Joana já saiu ilesa
  de muito inferno, muita tempestade
  Precisa mais que uma calamidade
  pra derrubar aquela fortaleza
  Mas desta vez... acho que não aguenta,
  pois geme e treme e trinca a dentadura
  E, descomposta, chora e se esconjura

E num soluço desses se arrebenta
Não dorme, não come, não fala certo,
só tem de esperto o olhar que encara a gente
e pelo jeito dela olhar de frente,
quando explodir, não quero estar por perto
ESTELA. Culpa daquele muquirana
ZAÍRA. Tudo por causa dum Jasão
CORINA. E além da pobre da Joana
tem as crianças...
MARIA. Onde estão?
CORINA. Minha filha, só vendo
Tem resto de comida
nas paredes fedendo
a bosta, tem bebida
com talco, vaselina,
barata, escova, pente
sem dente. E ali, menina,
brincando calmamente
co'os cacos dos espelhos,
estão os dois fedelhos...
É ver sobra de feira,
ramo de arruda, espada-
de-são-jorge, bandeira
do Flamengo, rasgada
por cima da cadeira
E ali, se lambuzando,
não entendendo nada,
um pouco se espantando
co' o espanto dos vizinhos,
estão os dois anjinhos...
É ver um terremoto
que só deixa aprumado
no lugar certo a foto
daquele desgraçado
posando pro futuro

e pra posteridade
E ali, num canto escuro,
na foto da verdade,
brincando nos esgotos,
estão os dois garotos...
Os dois abortos...
Entra o GALEGO *no set do botequim, assobiando, limpando copo e garrafa, à espera de fregueses; seguem as vizinhas*
ESTELA. Conta pra Corina
NENÊ. Deixa eu guardar a boca pro feijão
ZAÍRA. Fala, Nenê...
CORINA. Que foi?...
NENÊ. É nada não
MARIA. Conta, Nenê...
CORINA. O que é que foi, menina?
NENÊ. Foi com Jasão... mas foi num outro dia
ESTELA. Ontem. Jasão na maior alegria
NENÊ. O caso é que...
CORINA. Se vem com mais besteira
daquele homem, nem quero escutar
Já chega de nhe-nhe-nhém, blá-blá-blá,
disse me disse, diz que diz, zoeira.
Chega, Nenê, pro bem de Joana, esqueça
Senão daqui a pouco o zunzunido
de boca em boca inda chega ao ouvido
da comadre e dali vai pra cabeça,
onde fermenta e vira uma amargura
que se despeja no seu coração
ESTELA. Então deixa, Nenê...
NENÊ. Quem? Eu? Jasão?
Se vi Jasão? Nem conheço a figura
Tempo; entra no set *do botequim um vizinho chamado* CACETÃO; *jornal debaixo do braço, senta e pede:*
CACETÃO. Galego! Casco escuro, bem gelada
Grande, loura e solteira: sem empada

O GALEGO *vai servi-lo; simultaneamente no* set *da oficina aparece o velho* EGEU, *enxugando as mãos nas calças, segurando uma válvula de rádio; apanha o rádio e começa a consertá-lo, encaixando a válvula, em silêncio, sozinho; no* set *do botequim,* CACETÃO *abre o jornal e lê; tudo isso é feito com agilidade, para apanhar o tempo em que houve pausa na conversa das vizinhas que agora seguem em seu* set

CORINA. Pensando bem, Nenê, me conta...
NENÊ. O quê?
CORINA. Melhor eu saber, que é pra amaciar
Essa pedrada antes dela pegar
a comadre de mau jeito...
NENÊ. Você
pediu, lá vai: Jasão co'a outra, mais
o pai, ontem, lá na quadra da escola
beberam Old Eight com Coca-Cola,
cantaram, pularam e coisas tais
Falaram do casamento, os boçais
E convidaram toda a curriola
dos "Unidos" pro festaço. A vitrola
tocou bem alto as marchas nupciais
para antecipar como vai ser a gala
Ou então só para pintar a caveira
de Joana. Jasão dançou noite inteira
o seu samba co'a sua noiva. A ala
dos puxa-sacos e dos puxa-sacanas
varou a noite numa evolução
que parecia mais um pelotão
sapateando em cima de Joana
Então...
NENÊ *segue falando baixo, quase em mímica, em segundo plano; o botequim assume o primeiro plano;* CACETÃO *para um pouco de ler o jornal e exclama:*

CACETÃO. Essa não! Joia! Filigrana!
Galego, essa é a manchete da semana:
fulana, mulher de João de tal
tinha um ciúme que não é normal
Vai daí cortou o pau do infeliz
Ferido, o marido foi pro hospital
Ficou cotó... Vem e lasca o jornal:
ciumenta corta o mal pela raiz
Ri uma risada alta e gostosa; o GALEGO *vai para junto dele e,*
juntos, os dois passam a ler a matéria em voz baixa;
fazem mímica de quem se diverte muito; no set
de EGEU, *a oficina, entra o vizinho*
XULÉ; *esta ação vai para o primeiro plano*

XULÉ. Boa, Egeu...
EGEU. Boa, amigo...
XULÉ. Como é que é?
Vai tudo bem?...
EGEU. Tudo na mesma...
XULÉ. E eu?
EGEU. Você? Que é que há? Brigou co'a mulher?
XULÉ. Antes fosse. É o dinheiro, mestre Egeu
Não deu de novo...
EGEU. Grande novidade
XULÉ. Falhei de novo a prestação da casa...
Mas, pela minha contabilidade,
pagando ou não, a gente sempre atrasa
Veja: o preço do cafofo era três
Três milhas já paguei, quer que comprove?
Olha os recibos: cem contos por mês
E agora inda me faltam pagar nove
Com nove fora juros, dividendo,
mais correção, taxa e ziriguidum,
se eu pago os nove que inda estou devendo,
vou acabar devendo oitenta e um...
Que matemática filha da puta

EGEU. Todo mundo está igual a você
XULÉ. Não dá. É todo mês a mesma luta
Tem que falar pro homem resolver
baixar um pouco essa mensalidade,
senão vou morar debaixo da ponte
Não é fácil, mestre Egeu...
EGEU. É verdade
XULÉ. Alguém tem que falar com seu Creonte
A gente vive nessa divisão
Se subtrai, se multiplica, soma,
no fim, ou come ou paga a prestação
O que posso fazer, mestre Egeu?...
EGEU. Coma
XULÉ. Como...
Seguem mimicando a fala; em primeiro plano, agora, o botequim
CACETÃO. Ih, Galego, olha só o Jasão... *(lê)*
"Jasão de Oliveira, novo valor
de emepebê, promissor autor
do êxito *Gota d'água* vai casar
co'a jovem Alma Vasconcelos, filha
do grande comerciante benfeitor
Creonte Vasconcelos..."
GALEGO. Si senior
CACETÃO. Vivo, eh...
GALEGO. Ese conseguio si arumá
CACETÃO. Retrato no jornal...
GALEGO. Qui maravilha
CACETÃO. Sabe por quê?...
GALEGO. É o sucesso do samba
CACETÃO. Ou a grana dela?...
GALEGO. Não sei, caramba
CACETÃO. "As bodas...
    Segue lendo; primeiro plano vai para as vizinhas
ZAÍRA. ...em homem nunca confiei
CORINA. Não sei como vai ser...

MARIA. Depois Exu
Caveira pega esse traste...
CORINA. Eu não sei
ESTELA. Comigo eu dava-lhe um tiro no cu
NENÊ. Eu nunca fui de meter o bedelho,
mas mulher como Joana não
tem que juntar com homem mais novo. O velho
marido dela, manso, homem de bem,
com salário fixo e um Simca Chambord
dava a ela do bom e do melhor
e ela foi largar o velho. Por quê?
Por esse frango. Também, quem mandou?
CORINA. Não fale assim da comadre, Nenê
Ela fez o que o coração ditou
Deu a Jasão dois filhos, cama e mesa,
a coxa retesada, o peito erguido
Deu aquilo que tinha de beleza
mais aquilo que tinha de sabido,
de safado, de gostoso e tesudo
de mulher. Se deu dez anos de vida
e o homem, satisfeito, deixa tudo
como quem deixa um prato sem comida
Agora isso é o que você vem dizer?
NENÊ. Eu não falo por falta de amizade
É a lei da natureza...
ESTELA. Pode crer,
quando homem dá pra ruim, não tem idade
Nenê...
MARIA. O que Joana passou pr'esse cara
era pro cara, nem sei...
ZAÍRA. Era pr'esse
cara arrancar os dois olhos da cara
e dar a ela se ela carecesse
um dia de visão...

ESTELA. Pois o Jasão
　　não tinha nenhuma ambição. Vivia
　　a vida inteirinha entre o violão
　　e o rabo da saia dela. Até o dia
　　que o rádio tocou seu samba maldito,
　　feito de parceria co'o diabo
　　Foi a mosca azul. Já disse e repito:
　　comigo eu dava-lhe um tiro no rabo
　　As vizinhas seguem falando, em mímica; XULÉ *sai da oficina*
　　e vai para o botequim, que agora assume o primeiro plano
CACETÃO. Xulé! Galego, outro copo...
XULÉ. Oi, Cacetão, já?
CACETÃO. É claro, tem que comemorar...
XULÉ. Que é que há?
CACETÃO. Você não lê jornal? Jasão virou notícia
　　junto com loteria, futebol, sevícia,
　　leno e latrocínio, desastre da Central...
　　Xulé, eu sou gigolô desde que me chamo
　　Cacetão. Já vi de tudo cá no meu ramo
　　Mas um baú como esse, nunca vi igual
XULÉ. Que é isso? Jasão é bom menino...
CACETÃO. Pessoal
XULÉ. Inveja do Cacetão...
CACETÃO. Um brinde especial
　　ao único de nós, fodidos, sem escolha,
　　que, num ato de impetuosidade e bravura,
　　penetrou firme no reinado da fartura
　　graças ao vigor e à retidão de sua trolha
　　Soltam gargalhadas, bebem, enquanto o primeiro plano
　　　　passa para o set das vizinhas
ESTELA. É destino...
ZAÍRA. A pessoa já nasce avisada!
　　Vai sofrer. Olha que vai sofrer. E o que faz?
　　A pessoa vai e sofre...
MARIA. É carta marcada

NENÊ.   Não há beleza nem esperteza capaz
de resistir à natureza...
CORINA.   Isso é que não
Não, não e não. Repare a cor dos meus cabelos
A boca amarga com seis dentes amarelos
A bunda que caiu e a falta de tesão
O peito que bichou e a pomba que é um bagaço
As varizes da perna e as pelancas do braço
Foi só a natureza, foi fatalidade?
Pois sim, Nenê. Que idade hoje você me dá?
Sessenta? Errou. Quarenta e três por completar
As damas das novelas e da sociedade
aos cinquentinha fazem pose no jornal
e mostram a barriga no Municipal
Você, Nenê, quanto é que tem?...
Seguem mimicando; primeiro plano passa para a oficina onde já está o vizinho AMORIM; EGEU *fala sempre sem parar de consertar um rádio*
AMORIM.   Xulé, Meu Tio
Dé, Zazueira, Pipa, Amaro, Cacetão,
Esmeraldino, Getúlio, Cazuza, Fio,
ninguém mais paga. Nem São Cosme e Damião
Por que é que eu vou pagar sem ter? Não pago não
EGEU.   É fogo...
AMORIM.   Mas será que eu vou ter que perder
os dois anos que já paguei de prestação?
O corno velho do Creonte vai saber
que não pago e me bota na rua...
EGEU.   Então
me escuta...
AMORIM.   Mestre Egeu, você pode dizer
o que pensa, já que é dono de teto e chão
Dono do seu nariz, não tem nada a perder
Tem a oficina e tudo o que está dentro dela

Então fala correto, justo, dá conselhos
Mas eu devo tijolo, cal, porta e janela
Acho que não sou dono nem dos meus pentelhos
EGEU.   Você tem razão... *(Um tempo)*
AMORIM.   Mestre Egeu, por caridade
me responda...
                Primeiro plano para o botequim
XULÉ.   Se você quer que eu lhe responda
o que é que eu penso, co'a maior honestidade,
ele está certo, tem que aproveitar a onda
É bom menino, sabe o que é necessidade,
faz bem em se casar co'a filha do Creonte
E assim que estiver sentado bem à vontade
à direita de Deus Pai, talvez nos desconte
um pouco de dívida e da mensalidade
                Primeiro plano para as vizinhas
CORINA.   Pois eu digo a vocês...
                Primeiro plano para o botequim
CACETÃO.   Você acha? Que nada
                Primeiro plano para as vizinhas
CORINA.   Eu tenho medo. Estou lembrando de suas mãos
                Primeiro plano para o botequim
CACETÃO.   Hein, Xulé?...
                Primeiro plano para as vizinhas
CORINA.   Aquelas mãos... cada garra afiada
pro bote...
                Primeiro plano para o botequim
CACETÃO.   E o dote? Reparte aqui co'os irmãos?
Aqui, ó...
                Primeiro plano para as vizinhas
CORINA.   Sem falar no olhar que já falei
NENÊ.   Mas você acha que ela vai fazer besteira?
                Primeiro plano para o botequim
CACETÃO.   Tu acha que ele vai nos ajudar?...
                Primeiro plano para as vizinhas

CORINA.   Não sei
  Primeiro plano para o botequim
XULÉ.   Não sei...
CACETÃO.   Acha, Galego?...
GALEGO.   No se...
CACETÃO.   Brincadeira
XULÉ.   Também não é crime, Jasão mudar de classe
  É mudar de time... Ele é dono do seu passe
  Garanto que você, Cacetão, se passasse
  pro lado de lá, lembrava aqui do pessoal
CACETÃO.   Aqui, ó! Fodido, quando dá uma cagada,
  progride, vai ao futebol de arquibancada,
  já senta, se bem que co'a bunda quadrada
  e fica ao lado da tribuna especial
  e fica olhando pra cadeira almofadada
  Fica odiando aquela gente bem sentada
  E no auge da revolta, faz o quê? Faz nada,
  joga laranja na cabeça da geral
    Os dois grupos param um tempo e meditam; depois
    retomam suas atividades, enquanto o primeiro plano
    passa para a oficina
EGEU.   Pois eu vou te dizer: se só você não paga
  você é um marginal, definitivamente
  Mas imagine só se, um dia, de repente
  ninguém pagar a casa, o apartamento, a vaga
  Como é que fica a coisa? Fica diferente
  Fica provado que é demais a prestação
  Então o seu Creonte não tem solução
  Ou fica quieto ou manda embora toda a gente
  Cachorro, papagaio, velho, viúva, filha...
  Creonte vai dizer que é tudo vagabundo?
  E vai escorraçar, sozinho, todo mundo?
  Pra isso precisava ter outra virilha
  Não é?...
AMORIM.   Tem boa lógica...

EGEU. Falei?...
AMORIM. Sei não
AMORIM *sai do set da oficina; mestre* EGEU *volta ao seu rádio, primeiro plano passa para o* set *das vizinhas*
ESTELA. Então pode deixar que eu lavo a roupa dela
ZAÍRA. Também pode deixar que eu faço a arrumação
NENÊ. Eu frito um ovo, inda tenho arroz na panela
MARIA. Falo com Xulé pr'ele falar com Jasão?
CORINA. Não, isso eu falo com Egeu. Pode deixar
Foi ele quem comprou o leite dos pequenos
ESTELA. Então vai lá, diz que nós vamos ajudar
Assim quem sabe se ela desespera menos
CORINA. Eu vou...
CORINA *sai; as vizinhas seguem trabalhando; no* set *da oficina,* EGEU *levanta a cabeça e vê passar, ao largo, um vizinho chamado* BOCA PEQUENA
EGEU. Oi, Boca...
BOCA. Mestre Egeu...
EGEU. Boca, vem cá
BOCA. Faz uns dezoito anos que eu passo na sua porta e mestre Egeu está sempre trabalhando
EGEU. Eu não nasci feito você, co'o cu pra lua
BOCA. *(Ri)* Então vamos tomar um trago, estou pagando
EGEU. Não, hoje não dá...
BOCA. Que é isso, vamos...
EGEU. Dá não
BOCA. Dá sim. Vamos beber à sorte de Jasão
Aquele sim, nasceu co'o cu pra lua. Está
pra se casar co'a filha do rei. Vamos lá
EGEU. Não dá...
BOCA. Tá bem... *(Faz menção de sair)*
EGEU. Boca Pequena, eu te chamei
porque o pessoal passou aqui... bem... eu não sei...
Como é que tá a grana este mês?...
BOCA. Tou levando

EGEU. Sabe o que é? Todo mundo aqui tá reclamando...
BOCA. Mas eu já dei o dinheiro da Associação...
EGEU. Isso eu sei... Ninguém tem grana é pra prestação
BOCA. É, tem que se virar...
EGEU. Pois é, Boca Pequena
Tá todo mundo pendurado. Uma centena
de famílias sem poder pagar. Mas você
é um dos poucos que se arranja, não sei por que...
BOCA. Eu sou esparro de boate de turista,
carregador de uísque de contrabandista,
vice-camelô, testemunha de punguista,
sou informante de polícia, chantagista,
mas vigarista nenhum diz que eu não presto
desde que, como todo cidadão honesto,
no fim do mês pago as minhas contas à vista
EGEU. Já pagou a casa esta vez?...
BOCA. Já separei
porque é sagrado. Como santo em procissão
Não precisa pedir pra fazer o que sei
que é meu dever...
EGEU. Pelo contrário: pague não
BOCA. Que que é isso, mestre, eu sou madeira de lei
EGEU. Pois ouça, Boca, não pague nem um tostão
Se ninguém paga, é que não tem de onde tirar
Se você paga, vai tirar toda a razão
de quem tem todas as razões pra não pagar
BOCA. Que merda, mestre...
EGEU. Merda sim ou merda não?

BOCA PEQUENA *fica um tempo coçando a cabeça; depois de hesitar um pouco, aperta a mão de* EGEU *e parte para* o set *do botequim; mestre* EGEU *retoma seu trabalho, consertando o rádio; primeiro plano para o set das vizinhas onde* CORINA *está chegando*

CORINA. Não é certo... não pode...
ESTELA. Que é que deu?

CORINA. Ela nem quer ajuda... ensandeceu
ZAÍRA. Quê?...
MARIA. Piorou...
NENÊ. Como?...
CORINA. Aquele boato
  Foi num desembalo, a cavalo, a jato
  O fato é que Joana já recebeu
  notícia da tal comemoração
  Sabe cada detalhe mais do que eu
  O talhe do terno azul de Jasão,
  o samba, a noiva, as risadas que deu,
  que nem visse pela televisão
  Daí, ah, meu Deus...
ZAÍRA. Que é que aconteceu?
CORINA. A comadre... é de cortar coração...
MARIA. Fala, mulher...
CORINA. Disse que agradecia,
  mas de faxina ela não carecia,
  nem de comida e roupa, nem de dó
  E que de mim queria um favor só
  Botou aquele olho em cima de mim,
  tragou o cuspe e perguntou assim:
  "Corina, se eu morrer, você e Egeu
  olham meus filhos?"
NENÊ. Você respondeu
  que sim? Que ela ficasse descansada?
CORINA. Mas como, Nenê, eu dizer: "Querida
  comadre, morra em paz, não pense em nada
  Tome tranquilamente o formicida,
  calmamente meta a faca no umbigo
  e dê simplesmente um basta na vida
  que as crianças vão ficar bem comigo?"
ESTELA. Se eu pego quem contou a safadeza
  pra Joana... comigo era um cara morto
  Enfiava-lhe a fuça no meio-fio,
  abria-lhe as pernas com chave-inglesa,

afundava-lhe uma vela no lorto,
depois tocava fogo no pavio
CORINA. Tem mais: agora vieram me mostrar
Jasão saiu co'a cara no jornal
dizendo: ficou noivo e vai casar
ZAÍRA. Hoje?...
CORINA. Hoje nas bancas, o maioral
MARIA. Melhor ela não ver...
NENÊ. Se já não viu
CORINA. Viu não...
ESTELA. Não falta quem queira entregar
CORINA. O jornal esgotou nem bem saiu...
Deviam ter pudor e nem olhar
a cara do descarado estampada
deste tamanho, assim, mandando brasa,
enquanto ela... não é certo, coitada
MARIA. Eu não quero ver. E na minha casa
esse jornal não entra...
ZAÍRA. Eu digo mais:
uma amiga de Joana, na batata,
que puser as mãos num desses jornais,
eu quero que lhe dê uma catarata,
gota serena nos olhos...
NENÊ. Mulher
não tem amiga...
CORINA. Eu trouxe um. Quem quer ver?
ESTELA. Hein?...
ZAÍRA. Quê?
MARIA. Mostra...
NENÊ. O que diz...
CORINA. *(Tira um jornal de baixo da saia)* Pra quem quiser
Achei mesmo que alguém ia querer
As vizinhas abrem e disputam o jornal avidamente; quando
começam a ler, entra BOCA PEQUENA *no* set *do botequim,*
que passa para o primeiro plano

CACETÃO. Saravá, Boca...
BOCA. Pessoal...
XULÉ. Oi, vá sentando
e vá bebendo que Cacetão tá pagando
BOCA. Esse mês a viúva já deu dividendo?
GALEGO. Más um copo?...
XULÉ. Fala, Boca...
CACETÃO. Já tá sabendo?
BOCA. De quê?...
CACETÃO. Do jornal
BOCA. Que jornal?...
CACETÃO. Essa não.
Ele não sabe da maior fofoca da cidade!
Logo o Boca Pequena, rei da novidade
por fora dessa? Boca não é mais aquele...
BOCA. Espera aí, tenho uma boa: mestre Egeu,
quando estive na oficina, me perguntou:
a prestação da casa, Boca, já pagou?
Eu disse: é claro. E sabe o que ele rebateu?
Que a prestação é uma cobrança exagerada...
CACETÃO. Que nova...
BOCA. E que quem paga a casa é um bom calhorda!
XULÉ. A gente já discutiu o caso e concorda —
menos o Galego, que o gringo não é de nada —
que mestre Egeu está por dentro da questão
GALEGO. Quien quere uma empanada?...
CACETÃO. Empada não, meu
saco...
Você, Boca, de fofoca anda muito fraco *(Mostra o jornal)*
Tá aqui a boa, olha o focinho do Jasão
  BOCA *olha o jornal com interesse enquanto o primeiro plano*
     passa para as vizinhas
ESTELA. Mas quem diria! A boneca... a pinta do divo...
Levou dez anos pra fazer uma canção,

de repente é o compositor revelação...
Antes de Joana ele era a merda em negativo
> *Primeiro plano para o botequim*

BOCA. Eu sempre disse: esse menino é positivo
Tem simpatia, bossa e comunicação

AMORIM. Ele nunca foi de muita escola e lição,
mas é autodidata, um cara intuitivo,
lê livro, jornal grosso, é inteligente, vivo...
Tá mais pra Rui Barbosa que pra Cacetão
> *Primeiro plano para as vizinhas*

ZAÍRA. Não fosse um dia Joana lhe dar uma mão
e ele seria um pobre-diabo inofensivo
> *Primeiro plano para o botequim*

XULÉ. O samba de Jasão é coisa muito séria,
Cacetão, não é pra babar de inveja, não
Mas um sambista com tamanha inspiração
merece tirar a barriga da miséria
> *Primeiro plano para as vizinhas*

ZAÍRA. Esse moleque Jasão nunca me enganou
Se melhorou de vida não era pra dar
alguma boa vida pra Joana?...
> *Primeiro plano para o botequim*

XULÉ. Tirar
os pés da lama, ele está certo, já tirou
É moço, tem que aproveitar a ocasião
Se não, fica afundando aqui o resto da vida
Quem nasce nesta vila não tem mais saída,
tá condenado a só sair no rabecão
ou no camburão
> *Primeiro plano para as vizinhas*

CORINA. Parte, Jasão, pro banquete
da meia dúzia. Vai, come e bebe e vomita
e come e bebe e esquece e cospe na marmita
dos que eram teus...
> *Primeiro plano para o botequim*

CACETÃO. E os filhos? E a mulher, cacete!
AMORIM. Trepado nas ancas de mãe Joana ele ia
ser o quê? Outro mestre Egeu? Aqui, garanto:
qualquer um, para sair desta merda, vendia
a mãe, a mulher, pai, filho e Espírito Santo
Primeiro plano para as vizinhas
CORINA. Tá calada, Nenê?
Primeiro plano para o botequim
GALEGO. Yo no me meto en briga
entre mulher y hombre
Primeiro plano para as vizinhas
CORINA. Vamos, Nenê, diga!
NENÊ. Não sei não... Não sei tirar uma conclusão
Só sei de uma coisa: homem novo, não sei não...
Primeiro plano para o botequim, onde já se ouvem os primeiros
acordes e o ritmo de uma embolada
CACETÃO. *(Cantando)*
Depois de tanto confete
Um reparo me compete
Pois Jasão faltou à ética
Da nossa profissão
Gigolô se compromete
Pelo código de ética
A manter a forma atlética
A saber dar mais de sete
A nunca virar gilete
A não rir enquanto mete
Nem jamais mascar chiclete
Durante sua função
Mas a falta mais violenta
Sujeita à pena cruenta
É largar quem te alimenta
Do jeito que fez Jasão
Veja a minha ficha isenta
Tenho alguém que me sustenta

Que já passou dos sessenta
Que mais de uma não aguenta
Que desmonta quando senta
Que é careca quando venta
E este amigo se apresenta
Domingo sim, outro não
Não é virtude nem vício
É um pequeno sacrifício
É um músculo do ofício
Em constante prontidão
Fecho os olhos e, viril
Tomo ar, conto até mil
Penso na miss Brasil
E cumpro co'a obrigação

Gargalhadas gerais no final da embolada; a orquestra emenda novo ritmo e nova melodia para vizinhos e vizinhas cantarem e dançarem confrontando-se entre si; número musical encerra com orquestra diminuindo; os protagonistas desse número saem de cena; luz vai subindo em resistência apenas no set onde estão JASÃO e ALMA, sua noiva; no centro desse set, uma cadeira imponente, muito trabalhada, quase um trono; o trono está vazio, ALMA sentada no chão e JASÃO deitado com a cabeça no colo dela

ALMA. Você já sofreu muito, a gente vê no rosto
Debaixo dos olhos tem muito sobressalto
Aqui na testa, quando franze, bem no alto,
aparece uma linha feita de desgosto
A boca, que já é muito desajeitada,
entorta quando ri, como se uma metade
fosse feliz e a outra tivesse vontade
de chorar, igual a uma criança enjeitada
que quer tudo...

JASÃO. Eu sempre quis um dente dourado
O que mais?...

ALMA. Depois tem o queixo...

JASÃO. O que é que tem?
ALMA. O queixo não é lá muito feliz também
Acho que ele não está muito bem centrado
Tem uma marca, não chega a ser cicatriz,
que faz o rosto ficar mais desamparado
JASÃO. Nariz deixa comigo, está sempre gripado
ALMA. Parece feito a régua, o traço do nariz,
apontando pros olhos que eu deixei pro fim
Sabe por quê?...
JASÃO. É o mau-olhado, com certeza
ALMA. Porque seus olhos não têm nada de tristeza
nem de sofrimento. Aliás, sofrimento sim,
sofrimento bom, que vem de não suportar
tanta ansiedade incendiando o coração,
tanto desejo represado. Olha, Jasão,
a gota d'água do seu samba é o seu olhar
fervendo, borbulhando, contagiando a gente
Quando a água dos seus olhos transbordar um tanto
vai ser mais uma gargalhada do que um pranto
e em vez de lágrimas, vai correr aguardente
JASÃO. Meus olhos são assim?...
ALMA. Eu cuido de você
Eu trato de fazer você chorar...
JASÃO. O quê?
ALMA. Você tem que chorar e rir e se entregar
Você não tem o direito de se esconder
da felicidade, que ela não aparece
todo dia, nem pra qualquer um. Vou cuidar
de você, tá?...
JASÃO. Tá, Alma, o que você quiser
ALMA. Então, pra começar, vê se você esquece
tudo o que é passado, esquece aquela mulher
JASÃO. Não fala assim...
ALMA. Você está com medo...
JASÃO. Não diz
"aquela mulher", ela foi boa pra mim

ALMA. Você tem medo...
JASÃO. Que medo?...
ALMA. De ser feliz
Viveu co'a desgraça, gostou, não está a fim
de melhorar. Essa mulher é uma raiz
pregada nos seus pés...
JASÃO. Alma, não fala assim
ALMA. Tá bom. Então diz que não gosta dela, sim?
E que gosta de mim...
JASÃO. Eu gosto de você
ALMA. Sabe, hoje estive lá no nosso apartamento
Você precisa ver, já estão no acabamento
Já colocaram todos os vidros fumê
nas esquadrias de alumínio. E a fachada
do prédio ficou bem moderna, *liberty*,
colonial e clássica. Puseram lambri
de madeira com mármore no *hall* de entrada
O elevador todo forrado de veludo
ficou uma graça, apesar de esquentar um pouco
Mas entrando em casa é que você fica louco
co'o espaço das peças, a claridade, tudo
O chão está brilhando de sinteco, amor
Você está me ouvindo?...
JASÃO. Sei...
ALMA. Sala de jantar,
living e a nossa suíte dão vista pro mar
Dos outros quartos dá pra ver o Redentor
Mas Jasão, você inda não sabe da maior
surpresa que papai me aprontou. Adivinha
quando eu abri a porta, sabe o que é que tinha?
Tudo que é eletrodoméstico: gravador
e aspirador, e enceradeira, e geladeira,
televisão em cores, ar-condicionado,
você precisa ver, tudo isso já comprado,
tudo isso já instalado pela casa inteira...
Desta vez papai deu uma boa caprichada

JASÃO.   E precisa disso tudo só pra nós dois?
ALMA.   Por enquanto é só eu e você, mas depois
vem o bebê, vem a babá, vem a empregada
e vêm nossos convidados... Estou errada?
JASÃO.   Não... não é isso...
ALMA.   Você fica tão calado,
como se estivesse se sentindo culpado
Parece até que nossa casa foi roubada...
Então pai não pode me dar um presente?
JASÃO.   Que é isso, Alma, não falei nada...
ALMA.   E é pra falar,
senão não sei...
JASÃO.   É lá que você quer morar?
Então, tá muito bom pra mim. Fico contente
de ver você contente, não quero mais nada
ALMA.   Estou olhando tudo com tanto carinho
Olha, eu já comecei a arrumar um cantinho
só pra você tocar violão de madrugada
Acha que fiz mal?...
JASÃO.   Não, foi bonito lembrar
ALMA.   Então, Jasão, vê se desamarra esse rosto
uma vezinha só pra mim...
JASÃO.   Eu só não gosto
de deixar este fim de mundo sem levar
tudo o que sempre foi pra mim a vida inteira
Uma alegria ou outra, um pouco de saudade,
meus filhos, minha carteira de identidade,
cada bagulho, meu calção, minha chuteira,
a mesa do boteco, o time de botão,
tanto amigo, tanto fumo, tanta birita
que dava pra botar na sala de visita
mas ia atrapalhar toda a decoração...
(Vai nascendo uma introdução musical em ritmo de samba;
JASÃO *segue)*
Sabe, Alma, um samba como *Gota d'água* é feito

dos carnavais e das quartas-feiras, das tralhas,
das xepas, dos pileques, todas as migalhas
que fazem um chocalho dentro do meu peito
(Canta, movimentando-se em torno do trono)
Deixa em paz meu coração
que ele é um pote até aqui de mágoa
E qualquer desatenção
— faça, não
Pode ser a gota d'água
(Repete o refrão e a música encerra com JASÃO *em posição de se sentar no trono)*

ALMA. *(Ri)* Jasão...
JASÃO. O que é?...
ALMA. Escuta o que eu lhe digo:
precisa definir seu repertório
Ou bem você dança a valsa comigo,
ou pula o carnaval no purgatório

Entrada súbita de CREONTE *quando* JASÃO *está quase sentado no trono*

CREONTE. Ei... Alma mia, dá um beijo! *(Beija* ALMA*)* Noel Rosa, senta lá que eu quero a minha cadeira *(*JASÃO *afasta-se do trono para dar lugar a* CREONTE*)*
Alma, faça o favor, seja bondosa,
me deixe só com Jasão. Tem poeira
nos olhos dele e eu preciso tirar
ALMA. Beijo, pai... Beijo, amor... *(Sai)*
CREONTE. Já reparou
que o rádio não para mais de tocar
seu sambinha?...
JASÃO. É, parece que pegou
CREONTE. Parece que pegou? Tem que pegar!
Só tem que pegar. Aprende, meu filho,
dessa lição você vai precisar
Se você repete um só estribilho
no coco do povo, e bate, e martela,

o povo acredita naquilo só
Acaba engolindo qualquer balela
Acaba comendo sabão em pó
Imagine um samba...
JASÃO.   Sim, mas parece
que o samba é bom...
CREONTE.   Bom? Espetacular
Eu pago pra tocar porque merece
E continuo fazendo rodar
em tudo que é horário...
JASÃO.   Eu não pedi,
seu Creonte, eu nunca...
CREONTE.   Ora, eu sei que não
Noel Rosa, eu pago porque logo vi
que era um samba de boa inspiração,
e por que não?, um bom investimento
Você sabe que eu gosto de ajudar
quem não tem recursos e tem talento
Não é porque você vai se casar
com minha filha que eu não vou dar bola
a genro, nem Alma precisa...
JASÃO.   Eu sei
CREONTE.   Te ajudo como ajudo o time, a escola
e essas famílias que eu sempre ajudei
Dou fantasias para o carnaval,
dou uniformes para o campeonato
e água pro conjunto habitacional
desta Vila do Meio-Dia, exato?
JASÃO.   Exato...
CREONTE.   Mas o que eu quero falar
não é isso. É coisa muito importante
JASÃO.   Sobre Alma?...
CREONTE.   Não sei como começar
(Tempo) Essa cadeira... repare um instante...
Já viu?...
JASÃO.   Que é que tem?...

CREONTE.   Escute, rapaz,
  você já parou pra pensar direito
  o que é uma cadeira? A cadeira faz
  o homem. A cadeira molda o sujeito
  pela bunda, desde o banco escolar
  até a cátedra do magistério
  Existe algum mistério no sentar
  que o homem, mesmo rindo, fica sério
  Você já viu um palhaço sentado?
  Pois o banqueiro senta a vida inteira,
  o congressista senta no Senado
  e a autoridade fala de cadeira
  O bêbado sentado não tropeça,
  a cadeira balança mas não cai
  É sentando ao lado que se começa
  um namoro. Sentado está Deus-Pai,
  o presidente da nação, o dono
  do mundo e o chefe da repartição
  O imperador só senta no seu trono
  que é uma cadeira co'imaginação
  Tem cadeira de rodas pra doente
  Tem cadeira pra tudo que é desgraça
  Os réus têm seu banco e o próprio indigente
  que nada tem, tem no banco da praça
  um lugar para sentar. Mesmo as meninas
  do ofício que se diz o mais antigo
  têm escritório em todas as esquinas
  e carregam as cadeiras consigo
  E quando o homem atinge seu momento
  mais só, mais pungente de toda a estrada,
  mais uma vez encontra amparo e assento
  numa cadeira chamada privada
  (Tempo) Pois bem, esta cadeira é a minha vida
  Veio do meu pai, foi por mim honrada
  e eu só passo pra bunda merecida
  Que é que você acha?...

JASÃO. Eu não acho nada,
  quer dizer, nunca pensei... realmente...
  Pra mim... cadeira era só pra sentar...
CREONTE. Então senta...
JASÃO. Eu? O senhor quer que eu sente?
CREONTE. Senta! *(JASÃO senta)* Muito bem. Eu vou lhe contar
  Se fosse outro homem eu não deixaria
  sentar aí, mas você é quase um sócio,
  vai casar com Alma e algum dia iria
  sentar mesmo... Gostou?...
JASÃO. Bom, meu negócio
  é mais samba, música popular...
CREONTE. É boa? Macia?...
JASÃO. Como?...
CREONTE. É gostosa
  de sentar?...
JASÃO. Ah, é! Dá pra relaxar
  o corpo todo...
CREONTE. Muito bem, Noel Rosa
  Um dia vai ser sua essa cadeira
  Quero ver você nela bem sentado,
  como quem senta na cabeceira
  do mundo. Sendo sempre respeitado,
  criando progresso, extirpando as pragas,
  traçando o destino de quem não tem,
  fazendo até samba, nas horas vagas
  Porém... existe um pequeno porém
  Não vai ser assim, pega, senta e basta
  Primeiro você vai me convencer
  que tem condições de assumir a pasta
JASÃO. Eu sou compositor...
CREONTE. Dá pra viver
  de samba?...
JASÃO. É o que eu ia dizer...
CREONTE. Pois não

JASÃO. Sabendo fazer, o negócio é bom
Tem problemas com arrecadação,
mas já tá provado que o nosso som
tem força no mercado. Então nós vamos
montar uma editora pra controlar
os sambas de escola... Depois pegamos...
CREONTE. Isso. É por aí. Mas só que fuçar
em direito autoral dá confusão
Então, por que você não faz como eu
e não emprega essa imaginação
trabalhando só no que vai ser teu?
JASÃO. Eu só...
CREONTE. Não é melhor? Fala, rapaz
JASÃO. É melhor...
CREONTE. E então?...
JASÃO. Mas o senhor disse...
CREONTE. Disse o quê?...
JASÃO. Isso de ser capaz,
ter condições... talvez eu não servisse...
CREONTE. Não! Você tem muita capacidade,
que é isso? Só quero estar bem seguro
que, no caso de uma necessidade,
posso confiar em você. É o futuro
da minha obra que vou lhe passar
com todos os seus segredos. Enfim,
preciso saber se posso confiar
em você, meu rapaz. Posso?...
JASÃO. Por mim
acho que pode, já que Alma é sua filha
CREONTE. Então, posso confiar?...
JASÃO. Pode confiar
CREONTE. Está bem, vou lhe ensinar a cartilha
da filosofia do bem sentar
*(A orquestra ataca a introdução com ritmo bem marcado;
enquanto canta,* CREONTE *vai ajeitando* JASÃO *na cadeira)*
Ergue a cabeça, estufa o peito,

fica olhando a linha de fundo,
como que a olhar nenhum lugar
Seguramente é o melhor jeito
que há de se olhar pra todo mundo
sem ninguém olhar teu olhar
Mostra total descontração,
deixa os braços soltos no ar
e o lombo sempre recostado
Assim é fácil dizer *não*
pois ninguém vai imaginar
que foi um *não* premeditado
Cruza as pernas, que o teu parceiro
vai se sentir mais impotente
vendo a sola do teu sapato
E se ele ousar falar primeiro
descruza as pernas de repente
que ele vai entender no ato
(A orquestra interrompe o fundo musical e rítmico)
CREONTE.   Por hoje era o que eu tinha a dizer
Mas preste atenção que a partir de agora
todo mundo um pouco vai depender
de você. Cuidado que existe hora
pra ser amigo e pra ser o poder
Não queira sair por aí afora
dizendo o que pensa. Diga o contrário
Esqueça o nome do seu companheiro
e cumprimente o pior salafrário,
que ninguém é inútil por inteiro
Esteja quase sempre sem horário
e sempre de partida pro estrangeiro...
Por falar nisso, sai, vai namorar,
Noel Rosa, porque eu tenho o que fazer
JASÃO.   *(Levantando-se e saindo)*
Poxa, nunca imaginei que sentar
fosse tão difícil. Bom, aprender...
Adeus, seu Creonte, vou me mandar

CREONTE.   Aliás, não, espere... Vou lhe fazer
uma pergunta. Aquele mestre Egeu...
Já que vamos dividir este assento,
um trabalhinho já apareceu
pra você demonstrar o seu talento
Aquele Egeu, parece até que é seu
compadre...
JASÃO.   Mestre Egeu? É cem por cento
CREONTE.   Você gosta muito desse sujeito?
JASÃO.   Mas claro...
CREONTE.   E ele lhe dá toda a atenção?
JASÃO.   Mestre Egeu é meu amigo do peito
Me ensinou a primeira profissão
e batizou meu filho...
CREONTE.   Bem, perfeito
Você vai conversar com ele, então
Você me conhece e pode explicar
que eu trabalhei suado, honestamente
e fiz essas casas pra melhorar
as condições de vida dessa gente
Agora, quem compra tem que pagar,
senão não há santo que me sustente
Diga que pra haver desenvolvimento
cada um tem que pagar seu preço
JASÃO.   Sim, mas mestre Egeu...
CREONTE.   Escute um momento,
Egeu, faz muito tempo que o conheço
e está fazendo muito movimento
contra mim. Você acha que eu mereço?
Está mandando o povo sonegar
as prestações da casa. E eu fico quieto?
Acha que é certo esse povo ficar
me enganando debaixo do meu teto?
Acha certo morar e não pagar?
Diga, rapaz, acha que está correto?

Simultaneamente, num plano do palco que corresponde ao set de JOANA, *entram as vizinhas entoando o refrão (em BG)*
VIZINHAS. Comadre Joana
Recolhe essa dor
Guarda o teu rancor
Pra outra ocasião
Comadre Joana
Abafa essa brasa
Recolhe pra casa
Não pensa mais não
Comadre Joana
Recolhe esses dentes
Bota panos quentes
No teu coração
JASÃO. Acho que não...
CREONTE. Então vai como amigo
Fala manso pra evitar confusão
JASÃO. Mas por que mestre Egeu? Ouça o que eu digo:
o problema está nessa correção
Todo mundo na vila está a perigo
e todo mundo reclama...
CREONTE. Isso eu não
discuto. Fale co'Egeu. O serviço
está entregue em tuas mãos. Vocês têm
tanta intimidade...
JASÃO. Justo por isso
é que eu ir lá não pega bem
CREONTE. Ah, não? E deixa ele fazer ouriço
pra não pagar as casas que também
são meio tuas e de minha filha?
Se quer fazer papel de otário, faz
Mas não envolve Alma nessa armadilha
JASÃO. Não me leve a mal, seu Creonte, mas
eu tenho outra solução, outra trilha
pra contornar o problema...

CREONTE. Rapaz,
   eu gosto muito de Alma. Ouviu, Jasão?
   Minha filha não é cu de mãe joana
   Não vai fazer como fez co'a outra, não
   Comeu, gozou, depois, feito banana,
   jogou fora a casca. Presta atenção:
   a minha filha é filha de bacana
   Eu dei-lhe de tudo. E co'esse violão
   você não vai dar conta do recado
JASÃO. Seu Creonte, não fala assim não
   Eu sou homem e sou capacitado
CREONTE. Então assume a nova situação
   e cumpre co'o dever que lhe foi dado
   (Um longo tempo; JASÃO *em silêncio)*
   Entenda, meu rapaz, o que eu não quero
   é insubordinação e hipocrisia
   Mas eu tenho sido humano. Tolero
   que atrasem. Quase ninguém paga em dia,
   geralmente por motivo sincero
   Mas dizer "pago não" por rebeldia,
   acha que é certo? Acha que eu vou deixar?
*(*JASÃO *se levanta em silêncio e vai saindo)*
   Espera, aonde é que você vai?...
JASÃO. Eu vou
   falar com mestre Egeu, vou explicar...
CREONTE. Isso, vai, rapaz... e escute, eu não sou
   de vingança, mas quero aproveitar
   o assunto... Já que a gente cutucou
   a ferida, deixa sangrar de vez
   Tua... essa mulher que você viveu
   junto e que não paga a casa faz seis
   meses... essa mulher... não sei... bem, eu
   sei que ela é mãe dos teus filhos... Talvez
   seja até mesmo um exagero meu
   Mas tem coisas que não é bom brincar

Ela é dada a macumba, estou sabendo,
tem gênio de cobra, pode criar
problema, eu estou só me precavendo...
Não é tua esposa... tem que aceitar...
Não sei... Você sabe o que estou dizendo...
JASÃO.   Ela tá só nervosa, meio tonta...
CREONTE.   Minha filha não vai casar tranquila
co'essa mulher tomando ela de ponta
Enfim... Vou mandá-la embora da vila
JASÃO.   Seu Creonte, deixe por minha conta,
Joana sossega, eu vou adverti-la
No set *da oficina vê-se* EGEU *que finalmente acaba de ajustar a válvula; em consequência explode no rádio a voz do locutor*
LOCUTOR OFF.   "... que está na boca da cidade inteira: *Gota d'água*, de Jasão de Oliveira"
Entra a melodia do samba; orquestra suave em BG; JASÃO *vai saindo lentamente do* set *de* CREONTE, *que fica sozinho e começa a recitar em tom impessoal*
CREONTE.   Sou franco — pra minha menina
contava com coisa mais fina
Pensava assim... um diplomata,
um gerente... um tecnocrata,
tenente, major, capitão,
político da situação...
Quem me dera um capitalista
ou quem sabe um psicanalista
Por que não ginecologista?
Talvez até mesmo um dentista,
qualquer coisa menos sambista,
porque Alma não é masoquista
e, ora porra, eu não sou leão
Que ela arranjasse um burocrata
de óculos, terno e gravata
Bancário, mesário, escrivão,
político da oposição!

Um simples assalariado,
um mero psicanalisado,
Cadete, cabo, reservista,
guarda de trânsito paulista,
qualquer coisa menos sambista
Pois foi ao último da lista
que a minha filha deu a mão
Orquestra sobe com Gota d'água; ouve-se uma voz na coxia
VOZ OFF.   Escuta! É o samba do Jasão!
Luz no set *das vizinhas; uma lava roupa, que entrega pra outra
que atende e que entrega pra outra que passa etc... Seguindo o
grito, um coro começa a cantar o samba, na coxia*
VOZES OFF.   Deixa em paz meu coração
Que ele é um pote até aqui de mágoa
E qualquer desatenção
— faça não
Pode ser a gota d'água
NENÊ.   O sujeito é um grande safado
mas fez um sambinha arretado
NENÊ *começa a cantar; em seguida, uma a uma, todas cantam o
samba; vão cantando e realizando o trabalho num esboço
coreográfico; estão no centro do palco, dominando toda
a área neutra não ocupada pelos* sets; *no fundo do palco vai
aparecendo* JOANA, *vestida de negro, em silêncio, lentamente, os
ombros caídos, deprimida, mas com o rosto altivo e os olhos
faiscando;* NENÊ *percebe primeiro a entrada de* JOANA *e cutuca
a vizinha ao lado pra parar de cantar; uma vai advertindo
a outra até que aos poucos ficam todas em silêncio,
permanecendo apenas a orquestra
desenhando no fundo*
CORINA.   Desliga esse rádio!... *(Um longo tempo de silêncio;*
JOANA *se aproxima das vizinhas)*
Comadre...
ESTELA.   Melhorou,
Joana?...

MARIA. Assim que eu gosto de ver, já levantou.
ZAÍRA. Tá mais aliviada?...
NENÊ. Não tá vendo ela andando?
CORINA. Comadre Joana devia estar repousando, isso sim...
JOANA. Comadre... Eu preciso de vocês
ZAÍRA. Deixa que amanhã te arrumo a casa outra vez
ESTELA. Lavo a roupa...
MARIA. Os pratos...
NENÊ. Cozinho pra você
CORINA. Diga, comadre, precisa de nós pra quê?
JOANA. *(Uma melodia sublinha a fala de* JOANA*)*
Só agora há pouco, depois de tanto
tempo acordados, finalmente os dois
conseguiram adormecer. Depois
de tanto susto, como por encanto,
o rostinho deles voltou a ter
não sei não... Parece que de repente,
no sono, eles encontram novamente
a inocência que estavam pra perder
Olhando eles assim, sem sofrimento,
imóveis, sorrindo até, flutuando,
olhando eles assim, fiquei pensando:
podem acordar a qualquer momento
Se eles acordam, minha vida assim
do jeito que ela está destrambelhada,
sem pai, sem pão, a casa revirada,
se eles acordam, vão olhar pra mim
Vão olhar pro mundo sem entender
Vão perder a infância, o sonho e o sorriso
pro resto da vida... Ouçam, eu preciso
de vocês e vocês vão compreender:
duas crianças cresceram pra nada,
pra levar bofetada pelo mundo,

melhor é ficar num sono profundo
com a inocência assim cristalizada
(Orquestra encerra)
CORINA.   Não pensa nisso nem por brincadeira,
comadre...
ESTELA.   Que que é isso? Deu bobeira,
mulher?...
ZAÍRA.   Vamos, esquece, deixa estar,
Joana...
MARIA.   Tranquila, isso vai passar...
JOANA.   Corina, você é minha testemunha
Vocês todas vão ser...
NENÊ.   Nós somos unha
e carne, faça o que você fizer
Mas não pensa mais besteira...
JOANA.   Se eu vier
a fazer uma desgraça...
CORINA.   Comadre!
JOANA.   Vocês já sabem...
ZAÍRA.   Isola!...
ESTELA.   Deus padre!
JOANA.   Ninguém vai sambar na minha caveira
Vocês tão de prova: eu não sou mulher
pra macho chegar e usar como quer,
depois dizer tchau, deixando poeira
e meleira na cama desmanchada
Mulher de malandro? Comigo, não
Não sou das que gozam co'a submissão
Eu sou de arrancar a força guardada
cá dentro, toda a força do meu peito,
pra fazer forte o homem que me ama
Assim, quando ele me levar pra cama,
eu sei que quem me leva é um homem feito
e foi assim que eu fiz Jasão um dia
Agora, não sei... Quero a vaidade

de volta, minha tesão, minha vontade
de viver, meu sono, minha alegria,
quero tudo contado bem direito...
Ah, putinha, ah, lambisgoia, ah, Creonte
Vocês não levaram meu homem fronte
a fronte, coxa a coxa, peito a peito
Vocês me roubaram Jasão co'o brilho
da estrela que cega e perturba a vida
de quem vive na banda apodrecida
do mundo... Mas tem volta, velho filho
da mãe! Assim é que não vai ficar
Tá me ouvindo? Velho filho da puta!
Você também, Jasão, vê se me escuta
Eu descubro um jeito de me vingar...

ESTELA. Para, Joana...
MARIA. Joana...
NENÊ. Mas o que é isso?
ZAÍRA. Que é isso o quê? Deixa desabafar...
JOANA. Tem troco...
CORINA. Comadre...
ESTELA. Deixa eu falar,
Joana...
JOANA. Me paga...
ESTELA. Olha, tem compromisso
pra você no mundo. Você tem filho...
JOANA. Filho...
ESTELA. Lembra, teus filhos tão aí
JOANA. Canalha...
ESTELA. E precisam muito de ti
JOANA. Vão me pagar...
NENÊ. Escuta, eu compartilho
da sua dor...
JOANA. Mas não dói em você
CORINA. Comadre Joana...
JOANA. Eu fiz ele pra mim

Não esperei ele passar assim
já pronto, na bandeja, qual o quê...
Levei dez anos forjando meu macho
Botei nele toda a minha ambição
Nas formas dele tem a minha mão...
E quando tá formado, já no tacho,
vem uma fresca levar, leva não...
CORINA.   Comadre, escuta...
NENÊ.   Vai dormir que passa
JOANA.   Não leva mesmo. Eu compro essa desgraça
CORINA.   Comadre, não fala assim, que aflição!
JOANA.   Leva não...
ESTELA.   Joana, precisa lembrar,
você tem dois filhos
JOANA.   Que filhos? Filhos...
Eles também vão virar dois gatilhos
apontando pra mim. Quer apostar?
(Entra percussão; ritmo frenético; as cinco vizinhas, em coro, começam a entoar o refrão)
VIZINHAS.   Comadre Joana
Recolhe essa dor
JOANA.   *(Falando com ritmo ao fundo)*
Ah, os falsos inocentes!
Ajudaram a traição
São dois brotos das sementes
traiçoeiras de Jasão
E me encheram, e me incharam,
e me abriram, me mamaram,
me torceram, me estragaram,
me partiram, me secaram,
me deixaram pele e osso
Jasão não, a cada dia
parecia estar mais moço,
enquanto eu me consumia
VIZINHAS.   Comadre Joana
Guarda o teu rancor

JOANA. Me iam, vinham, me cansavam,
  me pediam, me exigiam,
  me corriam, me paravam
  Caíam e amoleciam,
  ardiam co'a minha lava,
  ganhavam vida co'a minha,
  enquanto o pai se guardava
  com toda a vida que tinha
VIZINHAS. Comadre Joana
  Abafa essa brasa
JOANA. Vão me murchar, me doer,
  me esticar e me espremer,
  me torturar, me perder,
  me curvar, me envelhecer
  E quando o tempo chegar,
  vão fazer como Jasão
  A primeira que passar,
  eles me deixam na mão
VIZINHAS. Comadre Joana
  Recolhe pra casa
JOANA. E me chutam, e me esfolam,
  e me escondem, e me esquecem,
  e me jogam, e me isolam,
  me matam, desaparecem
  Jasão esperou quietinho
  dez anos pra retirada
  Dou mais dez pra Jasãozinho
  seguir pela mesma estrada
VIZINHAS. Comadre Joana
  Recolhe esses dentes
JOANA. Pra não ser trapo nem lixo,
  nem sombra, objeto, nada,
  eu prefiro ser um bicho,
  ser esta besta danada
  Me arrasto, berro, me xingo,

me mordo, babo, me bato,
me mato, mato e me vingo,
me vingo, me mato e mato
VIZINHAS. *(Com força)*
Comadre Joana
Bota panos quentes
CORINA. Comadre, fala mais nada!
(Breque na percussão)
JOANA. Me mato, mato e me vingo,
me vingo, me mato e mato
(JOANA *está caída no chão*)
CORINA. Me ajuda aqui co'a coitada
Quatro vizinhas carregam JOANA *pro fundo, enquanto*
CORINA *vai dando um passe de umbanda e cantando;*
enquanto esse grupo caminha do proscênio para o fundo do
palco, JASÃO *vem caminhando do fundo para o set da oficina; as*
vizinhas desaparecem com JOANA *e* JASÃO *entra*
na oficina de mestre EGEU
JASÃO. Mestre...
EGEU. Oi, menino, como é, sumiu? *(Enquanto conversa,*
EGEU *não para de consertar um rádio)*
JASÃO. Tou trabalhando
EGEU. Senta...
JASÃO. Tou só
de passagem
EGEU. Poxa, essa explodiu...
JASÃO. O quê?...
EGEU. *Gota d'água*, que toró...
JASÃO. *(Ri)* Que nada...
EGEU. É sucesso nacional
Caiu no gosto da multidão
e inda vai pegar no carnaval *(Cantarola* Gota d'água*)*
JASÃO. Levei sorte...
EGEU. É fogo... é mole não
JASÃO. E você, mestre, tudo perfeito?
Como vai o pessoal aqui?

EGEU. Sempre falei que você tem jeito
pra samba, não falei? Olha aí...
JASÃO. Pois é...
EGEU. Vê se agora não descamba
pra autossuficiência. Cuidado
co'a máscara...
JASÃO. Que é isso...
EGEU. Olha, samba
é só uma espécie de feriado
que a gente deixa pra alma da gente
Mas você não se iluda porque
a vida se ganha é no batente
JASÃO. Pois é... *(Um tempo)*
EGEU. E então?...
JASÃO. O quê?...
EGEU. Ué, você
deve ter novidade que é mato
agora que é uma celebridade...
JASÃO. Eu vim pra falar dum troço chato
e sério, mestre...
EGEU. Fala à vontade
JASÃO. É que...
EGEU. Espera aí... *(Redobra a atenção na peça que está colocando no rádio)*
Pode falar
JASÃO. Eu acho que amizade é amizade
a qualquer hora e em qualquer lugar
Mas tem uma hora da verdade
e a gente precisa ser sincero
e franco quando a verdade é dura...
EGEU. E precisa tanto lero-lero?
Fala, menino, que é que há?... *(Entregando uma peça do rádio a* JASÃO*)*
Segura
pra mim...

JASÃO. O caso é que tão falando
 por aí que um bocado de gente
 de uns tempos pra cá tá se juntando
 e combinando pra de repente
 ninguém mais pagar a prestação
 da casa própria... Não por aperto,
 de caso pensado: pago não!...
EGEU. É?... Assim é fogo...
JASÃO. Acha que é certo
 tomar dos outros e não pagar?
EGEU. É... não é mole não...
JASÃO. Você vê?
 Tem mais, mestre Egeu, foram contar
 pro seu Creonte que era você
 quem botava farofa no prato da turma...
EGEU. Eu o quê?...
JASÃO. Tava mandando
 não pagar...
EGEU. Não pode ser...
JASÃO. Exato
EGEU. Disseram isso?...
JASÃO. Tão comentando...
EGEU. Que filhos da puta...
JASÃO. Pr'ocê ver...
 Falar um troço desses de ti...
 É mais é falta do que fazer
 Que é que você acha?...
EGEU. Eu?...
JASÃO. Discuti
 com seu Creonte: por mestre Egeu
 ponho a mão no fogo... É homem sério...
 Meu compadre...
EGEU. Quer saber o que eu
 acho? Sem rodeio e sem mistério?
 Esse emprego não serve pr'ocê

JASÃO. Qual emprego?...
EGEU. Virou inocente?
JASÃO. Tá aporrinhado, mestre? Por quê?
Eu tava falando simplesmente...
EGEU. Esquece. Vem aqui, dá uma olhada
Me ajuda aqui co'esse filamento
que a essa hora eu não vejo mais nada
JASÃO. Puxa, mestre, o senhor é cismento
Eu já lhe falei pra levantar
grana num banco. Aí moderniza
a oficina, põe pra trabalhar
uns empregados e nem precisa
forçar a vista. Fica ali só
na administração... *(Levantando)*
EGEU. *(Com autoridade)* Presepada,
menino... Tira esse paletó
e senta aí. Que banco que nada!
Senta duma vez, eu tou mandando
Pega o alicate e a chave de fenda
e vai matutando, matutando
até que você um dia aprenda
a ser dono da sua consciência
JASÃO. Que é que foi, mestre Egeu, eu não sei
a razão de tanta impaciência
Eu só vim aqui e perguntei
sobre o problema da prestação
O senhor já disse que não tem
nada a ver co'essa situação,
então tá acabado, tudo bem
EGEU. Ouça, rapaz, você vai sentar
e consertar o rádio, entendeu?
E já. Pelo menos pra pagar
o leite dos seus filhos, que se eu
não tou dando, eles morrem de fome
(Fulminado, JASÃO *mais cai do que senta)*

Desculpa. Joana é como se não
vivesse mais, não dorme, não come,
não sai, parece uma assombração
Desde o dia em que esse casamento
foi marcado, ela não quer falar
de mais nada. E nesse desalento
não pode trabalhar, nem olhar
pelos seus filhos...
JASÃO.   Eu não sabia...
Ela botou boca na janela
pra gritar que já não carecia
de mim pra nada. E mais. Que pra ela
os filhos não tinham pai mais não
Todo mundo ouviu a xaropada,
você ouviu, mestre...
EGEU.   Ora, Jasão,
conversa de dona abandonada...
JASÃO.   E como é que eu posso adivinhar?
Se você agora não dissesse,
eu nem sabia... Mas vou cuidar
do problema, você me conhece,
eu tenho responsabilidade...
EGEU.   Eu sei que você é um bom rapaz *(Tempo)*
Poxa, é fogo *(Impaciente com o rádio)* É a idade é a idade
Vem cá, vê se você é capaz
de engatar o filamento... (JASÃO *apanha o rádio
e começa a engatar o filamento)*
JASÃO.   Chato,
não é, mestre?...
EGEU.   O quê?...
JASÃO.   Me passar
na cara só porque deu um prato
pra meu filho comer...
EGEU.   Vai ficar
zangado?...

JASÃO. Não é qualquer um. Eu,
sou eu, sou eu, Jasão de Oliveira,
sou eu. Não te ofendi, mestre Egeu
Eu só vim evitar barulheira
por causa das prestações... É certo
levar um coice?...
EGEU. Então tá, me dá... *(Pede o rádio mas* JASÃO *não entrega)*
JASÃO. Pode deixar comigo, eu conserto... *(Segue tentando engatar o filamento; tempo)*
É você, não é, mestre? Que tá
mandando essa gente não pagar...
Te conheço...
EGEU. Conhece, pois é,
conhece todos neste lugar
Zazueira, Cazuza, Xulé,
Amorim e Dé. Toda essa gente,
você mesmo, ainda tá lembrado?
Todos dando duro no batente
a fim de ganhar um ordenado
mirradinho, contado, pingado...
Nisso aparece um cara sabido
com um plano meio complicado
pra confundir o pobre fodido:
casa própria pela bagatela
de dez milhões, certo? Dez milhões
aos poucos, parcela por parcela,
umas cento e tantas prestações
Bem, o trouxa fica fascinado...
Passa a contar tostão por tostão,
se vira pra tudo quanto é lado,
que ter casa própria é uma ambição
decente. Então ele pega, sua,
deixa até de comer... Livra cem,
e, vamos dizer, dorme na rua,

larga a cachaça e não vê mais nem
futebol. No fim do mês tá dando
pra juntar as cem pratas sagradas
Muito bem. O tempo vai passando
e lá vêm as taxas, caralhadas
de juros, correção monetária
e não sei mais lá quanto por cento...
Tudo aumenta, menos a diária...
Um ano depois, quando o jumento
juntou cem contos pra prestação
vai ver que, com todos os aumentos,
os cem cruzeirinhos já não dão:
a prestação subiu pra trezentos...
Passam seis meses e vai além,
sobe pra quatrocentos e tanto...
Mas como, se o cara ficou sem
comer pra sobrar cem? E no entanto
o jumento é teimoso, ele bate
co'a cabeça pra ver se a titica
do salário aumenta, faz biscate,
come vidro, se aperta, se estica,
se contorce, morde o pé, se esfola,
se mata, põe a mulher na vida,
rouba, dá a bunda, pede esmola
e vai pagando a cota exigida...
Quando ele vê, conseguiu somar
cinco milhões redondos, portanto
metade do total a pagar
Mas aí, pra seu tremendo espanto,
descobre que então passa a dever
dezoito milhões e novecentos
O jumento diz: não pode ser!
Já fiz metade dos pagamentos
Paguei cinco, devo cinco. Vê
aí, faz as contas, vê se pode,
inventa outra lógica, você...

Pois pode, amigo, o cara se fode
morrendo um bocadinho por mês...
Quem ia ficar pagando até
mil novecentos e oitenta e seis
só para no ano dois mil, isto é,
se parar. Enfim, o desgraçado,
depois de tanta batalha inglória,
o corpo já cheio de pecado,
inda leva nota promissória
pro juízo final...
JASÃO. Muito bem,
mestre Egeu... Por que comprou, então?
EGEU. Aliás eu não precisava nem
fazer tanta conta, né, Jasão?
Você sabe. Já lhe faltou grana
pro apartamento onde você mora...
morava... com teus filhos e Joana...
JASÃO. *(Gritando)*
Muito bem! Por que comprou?...
(Tempo; para de mexer no rádio)
Agora,
mestre, você tem que me entender...
É meu compadre, é um segundo pai
pra mim. Mas seu Creonte vai ser
meu sogro, pai da mulher que vai
ser minha... Ele também vai virar
uma espécie de pai. Todo mundo
aqui é amigo. É como estar
em família... Olha, mestre, no fundo,
eu sou mais útil daquele lado
Lá dentro eu posso representar
quem estiver mais encalacrado,
posso interceder, facilitar...
Todo mundo só tem a perder
co'essa briga de foice no escuro
(JASÃO *recomeça a mexer no rádio*)

EGEU. Ah, Jasão, você não vai poder
se equilibrar no alto desse muro...
JASÃO. Seu Creonte admite um atraso
ou outro... Se a turma se der mal,
eu falo: olha aí, sogrão, o caso
é o seguinte, Xulé é legal,
Dé também — e ele não chia, não
EGEU. Ah, Jasão, o amor lhe deu cegueira
ou mudou seu campo de visão
JASÃO. É compromisso pra vida inteira
que assumo contigo. A turma conte
comigo. Se alguém não tá em dia,
eu levo o problema ao seu Creonte
com toda amizade e simpatia
EGEU. Então, Jasão, se você quiser,
já pode começar resolvendo
o problema da tua mulher
e teus filhos que não tão podendo
pagar...
JASÃO. Esse problema é só meu *(Solta o rádio e levanta)*
e não vim falar sobre ele agora...
EGEU. Pois é. Esse problema é só seu...
Bem, quando quiser pode ir embora...

Um tempo; JASÃO, *vencido, senta; fica um longo tempo parado,
pensando;* EGEU *toma o rádio e recomeça o conserto; de repente,*
JASÃO *tira novamente o rádio de* EGEU *e volta a consertar;
enquanto se desenrola esta cena em mímica,
luz no set das vizinhas onde* JOANA *está deitada,
recebendo o conforto de* CORINA

CORINA. Melhor, comadre?...
JOANA. Depois do que eu dei e fiz,
cê acha que Jasão pode ser tão ruim,
tão disfarçado e tão frio, para ser feliz
junto co'a outra, sem nunca pensar em mim?

Será que ele é capaz? Ah, vejo ele mentir
pra ela que, por mim, nunca teve amizade
Vejo ele rindo muito e fazendo ela rir,
falando do meu corpo, nossa intimidade...

Entram ESTELA *e* ZAÍRA

ESTELA. Ele tá aí...
CORINA. Quem?...
ZAÍRA. Como quem? Jasão
o safado tá lá com mestre Egeu...
JOANA. Safado por quê? Não é homem seu...
ZAÍRA. Desculpa, foi só força de expressão...
JOANA. Eu sim, posso dizer que ele é um safado
Não tem direito de andar se exibindo...
Daqui a pouco toda a vila tá rindo
de mim, ele feliz e eu nesse estado...
ESTELA. *(Para* ZAÍRA*)*
Ela só fala nisso: vão gozar
da cara dela...
ZAÍRA. *(Para* ESTELA*)*
Precisa dizer
qualquer coisa... *(Alto)* Ele vai se arrepender
ESTELA. *(Alto)*
Tá na cara que Jasão vai voltar

Seguem mimicando que falam; a cena volta para o set de EGEU, *onde* JASÃO, *depois de longo silêncio consertando o rádio, solta o rádio e volta a falar*

JASÃO. Você, mestre Egeu, é meu amigo
Por isso eu peço, de coração,
me ajude, colabore comigo...
EGEU. Vai visitar teus filhos, Jasão...
JASÃO. Promete que não fala mais nada
de não pagar as casas, aquilo
tudo, hein? Controla a rapaziada?
Fala, meu mestre... Posso ir tranquilo?

EGEU. Por que fizeram isso contigo?
Creonte te desse um bofetão
na cara, desse o pior castigo,
mas não te entregasse essa missão...
JASÃO. Por favor, mestre Egeu, dá um jeito
Diz que me ajuda... Basta falar
co'a turma... Você impõe respeito...
EGEU. Vai falar você, vai, se tem peito
*Abre luz no botequim, quando explode uma gargalhada da
turma dos vizinhos; depois da gargalhada eles seguem
fazendo mímica de porrinha e o primeiro plano
continua no set de EGEU*
JASÃO. Meu mestre...
EGEU. Eu preciso trabalhar...
JASÃO está indeciso e decepcionado; EGEU *apanha o rádio
e começa a mexer; girando o botão, explode uma
música no rádio que* JASÃO, *enquanto falava, consertava;
a orquestra executa uma variação do tema que sublinhou
a fala de* JOANA *sobre os filhos;* EGEU *dá um salto,
percebendo que* JASÃO *consertou o rádio*
EGEU. Tá tocando!... Foi você, Jasão...
Nessa horinha, como pode ser?
Eu tou mexendo nele há um tempão...
Taí o que você sabe fazer
como ninguém no mundo, menino
Agora você provou de vez
que já tá marcado o teu destino
Eletrônica das oito às seis
e em noites de lua, violão
(JASÃO *sai, evitando a euforia de* EGEU)
Volta aqui, Jasão... Nem agradece
a quem lhe deu uma profissão...
Vê teus filhos, Jasão, não esquece...
(JASÃO *desaparece enquanto orquestra segue em BG
para sublinhar o monólogo de* EGEU)

Os homens são mesmo competentes...
Quem chama Jasão, não chama à toa
É o cara certo: boa pessoa,
real valor, bons antecedentes,
saúde de ferro, ótimos dentes,
jovem, capaz, figura de proa,
talentoso, enfim, madeira boa
pra arder na lareira dos contentes...
Sempre que um cara menos bichado
surge aqui, pagam seu peso em ouro
pra levá-lo embora. Resultado:
mais negro fica este sumidouro
mais brilhante fica o outro lado
e o seu carnaval, mais duradouro
(Tempo; mestre EGEU *apanha o rádio que continua tocando — orquestra em BG — e vai lentamente diminuindo o volume; a luz, em resistência, vai diminuindo de acordo com o volume do rádio)*
Mas, Jasão, a festa é traiçoeira,
e um alçapão. Todo mundo sabe
que não há mal que nunca se acabe
nem festa que dure a vida inteira
Desliga o rádio, ao mesmo tempo que se apaga a luz em seu set; *o primeiro plano vai para o* set *das vizinhas e o* set *do botequim*

ESTELA. Eu te digo que esse volta pra casa...
Homem, conheço, tive dezesseis
e garanto uma coisa pra vocês
Jasão sem Joana é pinto sem a asa
da galinha pra amparar. Fica triste
e chocho e zonzo e passa o dia inteiro
zanzando, dando volta no poleiro...

ZAÍRA. Eu também acho que ele não resiste
Que é que ele viu na franga do Creonte?
Pra mim ele vai lá, bica um tiquinho,
molha o bico e vem de volta pro ninho

JOANA. Que venha e volte, entre e saia, que monte
e desmonte, que faça e que desfaça...
Mulher é embrulho feito pra esperar,
sempre esperar... Que ele venha jantar
ou não, que feche a cara ou faça graça,
que te ache bonita ou te ache feia,
mãe, criança, puta, santa madona
A mulher é uma espécie de poltrona
que assume a forma da vontade alheia
  No set do botequim aparece JASÃO *vindo da coxia; assim*
  que o veem os vizinhos o saúdam com entusiasmo
GALEGO. Não!...
TODOS. Jasão!...
JASÃO. Oi, gente...
XULÉ. Acaba de entrar
neste recinto Jasão de Oliveira,
autor de *Gota d'água,* verdadeira
joia do cancioneiro popular... *(Abraça* JASÃO*)*
GALEGO. Já desço uma loura bem caprichada... *(Aperta-lhe a mão)*
BOCA. Atenção... *(Abraça* JASÃO*)* O ataque entra em
campo assim:
Jasão, Xulé, Cacetão, Amorim
e BOCA. Sai de baixo, é goleada!
Só precisa a gente treinar mais junto...
Olha, Jasão, justiça seja feita,
você foi o maior ponta-direita
aqui desta caceta de conjunto
residencial...
AMORIM. Samba e futebol
são a salvação da lavoura. Duvido
que exista outra maneira de fodido
brasileiro arranjar lugar ao sol
Você sabe fazer os dois... Aí,
menino *(Abraça* JASÃO*)*

CACETÃO... Foi sambando, foi sambando
e não é que ele acabou descolando
a filha do homem? Aperta aqui *(Apertam as mãos)*
GALEGO. Agora ele é do uísque e da tequila...
Mas vai recusar una vieja cana? *(Oferece um copinho)*
JASÃO. Deixa comigo, Galego sacana *(Vira o copo e faz careta)*
E está tudo na mesma aqui na vila?
A orquestra, que vinha preparando uma introdução viva e alegre,
dá a deixa para o coro de vizinhos cantar
TODOS. A gente faz hora, faz fila
Na Vila do Meio-Dia
— pra ver Maria
A gente almoça e só se coça
E se roça e só se vicia
A porta dela não tem tramela
A janela é sem gelosia
— nem desconfia
Ai, a primeira festa
A primeira fresta
O primeiro amor
Na hora certa, a casa aberta
O pijama aberto, a braguilha
— a armadilha
A mesa posta de peixe
Deixe um cheirinho da sua filha
Ela vive parada no sucesso
Do rádio de pilha
— que maravilha
Ai, o primeiro copo
O primeiro corpo
O primeiro amor
Vê passar ela, como dança
Balança, avança e recua
— a gente sua
A roupa suja da cuja
Se lava no meio da rua

Despudorada, dada,
À danada agrada andar seminua
— e continua
Ai, a primeira dama
O primeiro drama
O primeiro amor
Carlos amava Dora que amava Léa que amava Lia que
amava Paulo que amava Juca que amava Dora que amava...
Carlos amava Dora que amava Rita que amava Dito que
amava Rita que amava Dito que amava Rita que amava...
Carlos amava Dora que amava tanto que amava Pedro que
amava a filha que amava Carlos que amava Dora que
amava toda a quadrilha...
amava toda a quadrilha...
amava toda a quadrilha...
A orquestra vai diminuindo aos poucos, enquanto o pessoal se confraterniza e se serve de cerveja

JASÃO.   Que bom ver vocês...
AMORIM.   Nós tamos aqui
sempre, fodidos, sem grana, sem graça,
mas enganando a vida co'a cachaça
do galego... Mas fala de ti
Ninguém sabe mais onde te encontrar,
ficou rico...
JASÃO.   Que que é isso, Amorim?
Sou igual...
CACETÃO.   Não é tão igual assim...
XULÉ.   A gente ia mesmo te procurar,
não é, Amorim? Falo?... *(Tempo; ninguém responde)*
Pra dizer
que as prestações... Ninguém tá mais podendo
pagar. Você veja, já tou devendo...
BOCA.   Ô, Xulé... O Jasão veio fazer
uma visita, pô. Tudo tem hora...
Aguenta que isso a gente vê depois...
    Entra ESTELA *que se dirige ao* GALEGO

ESTELA. Galego, cinquenta gramas de arroz
e cem gramas de feijão...
GALEGO. Si, seniora
ESTELA. E três cigarros, jornal velho, um pão,
quatro bananas e um toco de vela
AMORIM. A minha mulher tá cega... Ó, Estela,
olha só quem chegou aqui... Jasão...
ESTELA. Inda conhece pobre? Que beleza...
Diz que tem dois meninos procurando
pai ali na esquina...
AMORIM. Cê tá ficando
louca, mulher?...
ESTELA. Pendura essa despesa
na conta dele, tá? *(Saindo)* Você também
tem filho pra criar, viu, Amorim?
Saiba que conversa de botequim
é pra Jasão que agora é gente bem,
tá co'a vida ganha... *(Sai)*
(Um tempo de constrangimento)
AMORIM. O que é que deu nela?
É de lascar...
CACETÃO. Eu vou ser atrevido,
mas meu amigo tem comparecido
ali, direitinho, na dona Estela?
Se você usa a cama pra deitar
e dormir e mais nada e ainda ronca
de noite, ela fica assim nessa bronca *(Todos riem)*
AMORIM. Pode deixar que em casa eu vou falar
com ela... Mas diga, Jasão, que tal?
CACETÃO. A que devemos a honra e o prazer
da visita?
JASÃO. Nada, não... Quer dizer,
queria ver vocês... É o principal
Depois...
BOCA. Já sei. Veio nos convidar
pro casamento...

JASÃO. É. Eu faço questão
que vocês venham...
TODOS. Ei! Boa, Jasão!
AMORIM. Aí, menino!...
CACETÃO. As águas vão rolar!
Sobe a orquestra com Flor da idade *enquanto os vizinhos se abraçam novamente no maior entusiasmo; o primeiro plano passa para o* set *das vizinhas, onde chegam apressadas* NENÊ *e* ZAÍRA
NENÊ. Estela viu Jasão no botequim...
ZAÍRA. Não disse? Eu conheço a catimba, a manha
Mestre Egeu, papo, botequim, arranha
daqui, cutuca acolá, mas no fim
termina mesmo é lá no travesseiro de Joana...
MARIA. Bem que eu rezei pra Oxóssi...
CORINA. Viu, comadre? Deus é grande...
JOANA. Se fosse,
não criava duas coisas: Primeiro
pobre, segundo mulher... Não me iludo...
MARIA. Que é isso, Joana? Pensa positivo...
Primeiro plano no botequim
AMORIM. Homem, pra mim, homem definitivo
pode na vida ter feito de tudo,
guerreado, estudado, entortado o aço,
feito filho, escrito livro, plantado
árvore. Mas homem mesmo, provado,
só no dia em que ele tira um cabaço
Primeiro plano nas vizinhas
ZAÍRA. Joana, na véspera de se casar,
Jasão ficar rondando botequim...
O que será que ele quer?...
NENÊ. Vai por mim,
mulher, garanto que ele vai voltar
Conheço Jasão do outro carnaval,
ele te gosta...

Primeiro plano nos vizinhos
CACETÃO. É um puta sacrifício,
um saco. Devia existir o ofício
de tirador de cabaço, legal
Primeiro dia pega a moça e pou,
profissional. Assim, quando o marido
for comer, tá tudo desimpedido,
macio e tal...
       Primeiro plano nas vizinhas
CORINA. Ele já visitou
Egeu, já bebeu co'a rapaziada,
abre o coração, comadre. Talvez
tenha chegado mesmo a tua vez...
Primeiro plano no botequim, onde JASÃO *se levanta e começa a apertar a mão dos amigos um por um*
JASÃO. Bem, pessoal...
XULÉ. Já vai?...
GALEGO. Outra rodada, vai...
JASÃO. Tenho que ir andando, pessoal...
       Primeiro plano nas vizinhas
ESTELA. Que ele inda gosta tá mais que na cara
E ainda desiste de casar...
JOANA. Para!
       Primeiro plano no botequim
JASÃO. Vou ver meus filhos...
CACETÃO. Vai na filial?...
       Primeiro plano nas vizinhas
JOANA. Por favor, para, não fala mais nada...
       Primeiro plano no botequim
BOCA. Vê lá, hein? Cuidado, vê se manera
que parece que Joana está uma fera...
JASÃO. Tchau... *(Sai e apaga-se a luz do botequim)*
       Primeiro plano para as vizinhas, onde entra EGEU
EGEU. Comadre Joana, dá uma escapada
até em casa que eu acho que Jasão
quer ver os filhos, comadre, depressa

JOANA.   Vou não...
EGEU.   Vá, comadre...
ZAÍRA.   Eu não disse que essa
   manha toda era pra ver Joana...
ESTELA.   Então
   ele quer voltar, não é, mestre Egeu?
EGEU.   Vá lá, comadre Joana, estou pedindo
   Ouça o que ele diz, o que está sentindo,
   se está contente ou se se arrependeu
JOANA.   Ele não vai lá....
EGEU.   Não faz assim, Joana
   Ele quer ver os filhos, está certo
JOANA.   Vai não...
EGEU.   Falei com ele. Vi de perto...
   Ele está confuso, ele não me engana
CORINA.   Vai, comadre...
NENÊ.   Vai, mulher...
MARIA.   Não demora,
   Joana, vai...
JOANA.   Ah, ele não tem coragem...
   Desde que me fez essa sacanagem
   nunca pisou lá. Por que vai agora?
EGEU.   Comadre, Jasão está dividido
   entre tudo o que teve de melhor
   na vida, os teus filhos, o teu amor,
   e aquilo que lhe foi oferecido
   Ouça, comadre, é tão duro um sujeito
   passar a vida inteira na penúria
   tendo ao lado tanto luxo e luxúria
   que, eu quase diria, tem o direito
   de fazer sei lá, o que quer que seja
   Pode virar ladrão ou assassino
   Quer dar uma rasteira no destino
   pra não seguir vivendo no ora veja

       e conseguir um lugar no outro lado
       Se Jasão ainda está indeciso
       é porque é bom. Vá... Vá.
ZAÍRA. Tem juízo,
    mulher, vai...
EGEU. Vai por mim... (JOANA *dá um passo e começa a caminhar em direção ao seu* set)
       Muito obrigado
     Apaga a luz do set *das vizinhas; orquestra sobe;* JASÃO *vai aparecendo no outro lado do palco;* JOANA, *fazendo movimentos que corresponderão à sua caminhada até em casa, começa a cantar*

JOANA. Quando o meu bem-querer me vir
          Estou certa que há de vir atrás
          Há de me seguir por todos
          Todos, todos, todos os umbrais
     E quando o seu bem-querer mentir
     Que não vai haver adeus jamais
     Há que responder com juras
     Juras, juras, juras imorais
          E quando o meu bem-querer sentir
          Que o amor é coisa tão fugaz
          Há de me abraçar co'a garra
          A garra, a garra, a garra dos mortais
     E quando o seu bem-querer pedir
     Pra você ficar um pouco mais
     Há que me afagar co'a calma
     A calma, a calma, a calma dos casais
          E quando o meu bem-querer ouvir
          O meu coração bater demais
          Há de me rasgar co'a fúria
          A fúria, a fúria, a fúria assim dos animais
     E quando o seu bem-querer dormir
     Tome conta que ele sonhe em paz
     Como alguém que lhe apagasse a luz,
     Vedasse a porta e abrisse o gás

No fim da canção, JASÃO *e* JOANA *encontram-se frente a frente*

JASÃO. Joana... *(Tempo)*
JOANA. Que é que veio fazer aqui, Jasão? *(Tempo)*
JASÃO. Como vai?
JOANA. Fala baixo que os meninos tão
dormindo...
JASÃO. E você, como é que vai?...
JOANA. Ah, eu vou
bem, vou muito bem, Jasão!...
JASÃO. Você remoçou
um bocado... emagreceu... ficou mais bonita...
Só tem uma coisa que tá meio esquisita... *(Vai a ela e solta seus cabelos, jeitosamente)*
Pronto... assim... O que foi que lhe deu, hein,
mulher?
Parece uma menina...
JOANA. O que é que você quer,
Jasão?...
JASÃO. Dizem por aí que você sofreu
tanto com a nossa separação... Mas eu
não sei não... Deve ser mentira ou fingimento
Ou então mulher se dá bem com sofrimento...
JOANA. Você veio só debochar, Jasão, ou tem
coisa séria pra dizer...
JASÃO. Cê tá muito bem,
não é deboche...
JOANA. Sei, que mais?...
JASÃO. Joana, me escuta
você assim bonita, ainda moça, enxuta,
pode encontrar uma pessoa... Quer dizer,
você pode tranquilamente refazer
a vida... Quem sabe, talvez até voltar
pro seu marido, ele não cansa de esperar,
tá sempre ali...

JOANA. Sei... E o que mais?...
JASÃO. Como, o
que mais?
Responde ao que eu tou falando...
JOANA. Me deixa em paz,
JASÃO, você tá com trinta anos, pau duro,
samba nas paradas de sucesso, o futuro
montado no dinheiro de Creonte, enfim,
Jasão, o que é que você inda quer de mim?
JASÃO. Joana, não é nada disso...
JOANA. Onde já se viu...
Me fode co'a vida e inda vem tripudiar?
JASÃO. Joana...
JOANA. Vai dar conselho à puta que o pariu
JASÃO. Não dá, não dá... Eu tou querendo conversar
mas assim... não dá não...
JOANA. Escuta aqui, menino
JASÃO. Escuta, mulher, não tou a fim de brigar
JOANA. Veio pra que, então?...
JASÃO. Me ouve...
JOANA. Papo cretino
não quero ouvir mais não...
JASÃO. Ouça, posso falar?
JOANA. Jasão, você é bem folgado. Chega aqui...
Joana, minha querida, sou eu, o ladrão
da tua tranquilidade, sou eu, fugi
levando todo o sangue que o teu coração
transferiu pro meu nome...
JASÃO. Já posso falar?
JOANA. Não, deixa eu terminar... E agora que eu tou cheio
de vida, tou com samba em primeiro lugar,
Jasão de Oliveira, conhecido no meio
artístico e social, enquanto eu tou eufórico,
você, infelizmente, tá co'a alma entrevada,
bunda tombada pelo patrimônio histórico,

museu, ruína, arquivo, carne congelada
Mas fica aí calma, boba, feliz e solta
os cabelos que alguém pode inda te querer,
que talvez um coitado te aceite de volta
Aqui, ó, Jasão, me esquece...
JASÃO. Quero dizer...
JOANA. Comigo, não...
JASÃO. Joana, deixa eu falar agora?
JOANA. Você faz o seguinte...
JASÃO. Agora acho que já
posso falar...
JOANA. Você vai e pega a senhora
sua mãe e solta os cabelos dela. Vá
lhe fazer a proposta que me fez...
JASÃO. Tá bem,
tá bem, chegou a minha vez *(Tempo)* Joana, vem
aqui...
Escuta aqui, Joana... Vem aqui, Joana... Vem...
(Ela não responde; ele vai até ela e toca no seu rosto)
Escuta, mulher, sabe que eu gosto de ti?
Gosto muito, você sempre é meu bem-querer,
sempre. E nunca mais eu vou poder esquecer
você, esquecer o que você fez por mim...
Você me conhece, sabe que eu sou assim...
Não sou de esquecer, não tomo chá de sumiço
Penso sempre em ti e nos meninos... Por isso
vim aqui... e então...
JOANA. Cê lembra de mim, Jasão?
Ainda lembra?...
JASÃO. O que é que eu falei?...
JOANA. Lembra, não
Cê gosta da filha do Creonte, Jasão?
JASÃO. Não quero falar nisso agora...
JOANA. Gosta, não
Tá só perturbado, né? Responde pra mim...

JASÃO.   Tava falando, deixa eu continuar, sim?
JOANA.   Responde duma vez, homem, toma coragem
Você gosta mesmo da moça?...
JASÃO.   *(Gritando)* Mulher, para,
deixa eu falar... *(Tempo)* Você sabe... eu não
tenho cara
pra chutar vocês pra córner... É sacanagem
que eu não vou fazer. Mas também veja o meu lado
Cedo ou tarde a gente ia ter que separar
Quando eu te conheci, tava pra completar
vinte anos, não foi? Eu nem tinha completado
Você tinha trinta e quatro mas era bem
conservada, a carroceria, bom molejo
e a bateria carregada de desejo
Então não queria saber de idade, e nem
quero saber, porque pra mim quem gosta gosta
e o amor não vê documento nem certidão
Só que dez anos se passaram desde então
e a diferença, que mal nem se via, a bosta
do tempo só fez aumentar. Vou completar
trinta e você tá com quarenta e quatro, agora
É claro que, daqui pra frente, cada hora
do dia só vai servir pra nos separar
E quando eu estiver apenas com quarenta
e cinco anos, na força do homem, seguro
de mim, vendendo saúde, moço e maduro,
você vai ter seus cinquenta e nove, sessenta,
exausta, do reumatismo, da menopausa,
da vida. E vai controlar ciúme, rancor,
vai aguentar a dor de corno, o mau humor?
Ou quer que eu também fique velho, só por causa
da tua velhice?... Acho melhor procurar
uma pessoa na mesma faixa de idade...
Quer dizer...
JOANA.   Jasão, pega a tua mocidade e enfia...

JASÃO.   Joana, você tem que se acalmar
JOANA.   Acalmar, é claro... É dever do injustiçado
manter sempre a cabeça fria, a qualquer custo
Enquanto que a raiva, é um privilégio do injusto
Por isso é que você tá tão qualificado
a gritar comigo e pedir calma em resposta
JASÃO.   Joana, briga de casal sempre aconteceu
Não dá pra saber quem venceu e quem perdeu
porque nessa competição não vale aposta,
não tem medalha, espólio... Acabou-se a partida,
não deu, paciência... Cada qual vai pro seu canto,
chora um bocadinho e depois de mais um tanto
começa a sua vida de novo...
JOANA.   Que vida
eu tenho pra começar?...
JASÃO.   Joana, eu não conheço
ninguém com mais vida do que você...
JOANA.   Escolhe
logo duma vez...
JASÃO.   Escolhe o quê?...
JOANA.   Jasão, olhe
pra mim e escolha se eu remoço ou se envelheço
Porque pelas contas que você faz, tem hora
que eu já tou caquenta, moribunda, demente
e depois tem hora que eu viro adolescente
Como é que fica, hein?...
JASÃO.   Olha, mulher...
JOANA.   E agora?
JASÃO.   Olha, mulher, o que eu tou querendo dizer...
JOANA.   Eu sei...
JASÃO.   *(Gritando)*
Deixa eu falar, pô... É que, se quisesses,
você inda tinha muito pra dar...
JOANA.   Se tivesse
o que dar, Jasão, você não ia perder
a ocasião de me sugar até o bagaço

JASÃO.   Ai, meu saco, cacete, pô... Presta atenção
ao que diz! Não me venha com provocação
JOANA.   Eu sei muito bem o que você é, e faço
questão de dizer e repetir...
JASÃO.   Ó, mulher,
não fala assim, não admito, porra...
JOANA.   O quê?
JASÃO.   Respeita a minha condição...
JOANA.   Pois bem, você
vai escutar as contas que eu vou lhe fazer:
te conheci moleque, frouxo, perna bamba,
barba rala, calça larga, bolso sem fundo
Não sabia nada de mulher nem de samba
e tinha um puta dum medo de olhar pro mundo
As marcas do homem, uma a uma, Jasão,
tu tirou todas de mim. O primeiro prato,
o primeiro aplauso, a primeira inspiração,
a primeira gravata, o primeiro sapato
de duas cores, lembra? O primeiro cigarro,
a primeira bebedeira, o primeiro filho,
o primeiro violão, o primeiro sarro,
o primeiro refrão e o primeiro estribilho
Te dei cada sinal do teu temperamento
Te dei matéria-prima para o teu tutano
E mesmo essa ambição que, neste momento,
se volta contra mim, eu te dei, por engano
Fui eu, Jasão, você não se encontrou na rua
Você andava tonto quando eu te encontrei
Fabriquei energia que não era tua
pra iluminar uma estrada que eu te apontei
E foi assim, enfim, que eu vi nascer do nada
uma alma ansiosa, faminta, buliçosa,
uma alma de homem. Enquanto eu, enciumada
dessa explosão, ao mesmo tempo, eu, vaidosa,
orgulhosa de ti, Jasão, era feliz,

eu era feliz, Jasão, feliz e iludida,
porque o que eu não imaginava, quando fiz
dos meus dez anos a mais uma sobrevida
pra completar a vida que você não tinha,
é que estava desperdiçando o meu alento,
estava vestindo um boneco de farinha
Assim que bateu o primeiro pé de vento,
assim que despontou um segundo horizonte,
lá se foi meu homem-orgulho, minha obra
completa, lá se foi pro acervo de Creonte...
Certo, o que eu não tenho, Creonte tem de sobra
Prestígio, posição... Teu samba vai tocar
em tudo quanto é programa. Tenho certeza
que a gota d'água não vai parar de pingar
de boca em boca... Em troca pela gentileza
vais engolir a filha, aquela mosca-morta,
como engoliu meus dez anos. Esse é o teu preço,
dez anos. Até que apareça uma outra porta
que te leve direto pro inferno. Conheço
a vida, rapaz. Só de ambição, sem amor,
tua alma vai ficar torta, desgrenhada,
aleijada, pestilenta... Aproveitador!
Aproveitador!...

JASÃO. Chega, né. Fica calada...
JOANA. Digo e repito: aproveitador!...
JASÃO. Mulher, para...
JOANA. Digo porque é verdade...
JASÃO. Não fala besteira...
JOANA. Seu aproveitador!...
JASÃO. Eu lhe quebro essa cara!
JOANA. O quê? Quebra não!...
JASÃO. Eu lhe quebro a cara inteira, porra...
JOANA. Pra mim, Cacetão, que ao menos não nega, tem muito mais valor...

JASÃO. Não diz isso de mim,
mulher...
JOANA. Não digo? Digo sim: gigolô!...
JASÃO. Chega!
JOANA. Gigolô!...
(JASÃO *dá um murro em* JOANA *que cai)*
JASÃO. Você é merda... Você é fim
de noite, é cu, é molambo, é coisa largada...
Venho aqui, fico te ouvindo, porra, me humilho,
pra quê? Já disse que de ti não quero nada
Mas todo pai tem direito de ver seu filho...
(JOANA, *de um salto, levanta-se e coloca-se de guarda em frente à porta imaginária do quarto dos seus filhos)*
JOANA. *Meus* filhos! Eles não são filhos de Jasão!
Não têm pai, sobrenome, não têm importância
Filhos do vento, filhos de masturbação
de pobre, da imprevidência e da ignorância
São filhos dum meio-fio dum beco escuro
São filhos dum subúrbio imundo do país
São filhos da miséria, filhos do monturo
que se acumulou no ventre duma infeliz...
São filhos da puta mas não são filhos teus,
seu gigolô!...
(JASÃO *agarra* JOANA *pela cabeça e bate contra a parede)*
JASÃO. Sua puta, merda, pereba!
Agora você vai me ouvir, juro por Deus,
sarna, coceira, cancro, solitária, ameba,
bosta, balaio, eu te deixei sabe por quê?
Doença, estupor, vaca chupada, castigo,
eu te deixei porque não gosto de você
Não gosto, porra, e não quero viver contigo
Não tem idade nem ambição, mãe do cão,
só isso, não quero, não gosto mais de ti
(JASÃO *solta* JOANA *que cai;* JASÃO *sai)*

JOANA.   Não vai, Jasão. Fica mais um pouco, Jasão
  Não vai. Pelo amor de Deus, Jasão, volta aqui,
  Gigolô, quero dizer mais, não vai embora,
  sacaninha, aproveitador, volta Jasão!
  Não, Jasão, por favor, Jasão, não vai agora
  (Falou isso chorosa; de repente, para e retoma o controle)
  Mas vou me vingar, isso não fica assim, não...
  O coro canta na coxia; os vizinhos e as vizinhas indicados vão
  entrando em cena e, cantando, vão fazendo uma corrente de
  boatos coreografada; um a um vão entrando,
  pouco a pouco; depois cruzam-se e movimentam-se,
  enchendo o palco de boatos
CORO OFF.   Tira o coco e raspa o coco
  Do coco faz a cocada
  Se quiser contar me conte
  Que eu ouço e não conto nada
CACETÃO.   *(Para o* GALEGO*)*
  Me disseram que Creonte/ Co'o casório, tá maluco
  Encheu a adega de uísque/ Vinho, querosene e suco
  Juntou tanta da bebida/ Que se alguém pega um trabuco
  E dá um teco nessa adega/ Causa enchente em Pernambuco
CORO.   Oi, tira o coco etc.
NENÊ.   *(Para* ESTELA*)*
  O vestido da menina/ Foi lá de Paris que veio
  Creonte trocou por outro/ Que o primeiro tava feio
  Era só bordado a ouro/ E ele de ouro já tá cheio
  Só a fivela do cinto/ Custou dois milhões e meio
CORO.   Oi, tira o coco etc.
MARIA.   *(Para o* XULÉ*)*
  Já antes do casamento/ Creonte chamou Jasão
  Lhe deu um apartamento/ Um carango e um violão
  Deu-lhe um bom financiamento/ E falou, virando a mão
  Só não posso dar a bunda/ Porque é contra a
  religião

CORO.   Oi, tira o coco etc.
MARIA.   *(Para* NENÊ*)*
   Da Polônia vem a vodca/ O *spaghetti* é da Bolonha
   Vem pamonha, vem maconha/ De Fernando de Noronha
   E vem água de Colônia/ Do Tirol, lençol e fronha
   Só não se pode dizer/ De onde é que vem a vergonha
CORO.   Oi, tira o coco etc.
AMORIM.   *(Para o* GALEGO*)*
   Creonte está contratando/ Toda uma vila operária
   Só pra confeitar o bolo/ Maravilha culinária
   Vai ser feito lá na quadra/ Que coisa extraordinária
   No feitio e do tamanho/ Da Igreja da Candelária
CORO.   Oi, tira o coco etc.
(Agora duas vozes se cruzam)
   1. Creonte mandou fazer/ Encanamento novinho
   Para, em vez de correr água/ Nas torneiras, correr vinho
   2. Creonte assim exagera/ Depois ele não se zangue
   Se em vez de correr o vinho/ Das torneiras, correr sangue
CORO.   Oi, tira o coco etc.
(Agora três vozes se cruzam)
   3. Os convites vêm escritos/ Com prata, todos a mão
   Embaixo estão assinados/ Alma, Creonte e Jasão
   4. Soube que só convidaram/ Gente com mais de um bilhão
   5. Não, pobre pode pisar/ Na cozinha da mansão
CORO.   Oi, tira o coco etc.
(Agora todas se cruzam)
   6. Convidaram o Supremo/ Tudo quanto é embaixador
   7. Os bispos e os arcebispos/ Deputados e senador
   8. O executivo também/ Manda seu procurador
   9. Logo depois vão chegar/ Os netos do Imperador
   1. Todo o mundo financeiro/ Vem banqueiro e investidor
   2. A mais alta sociedade/ Vem mostrar o seu valor
   3. Vem artista de cinema/ Cantor e compositor
   4. Soube até que um cosmonauta/ Foi convidado e aceitou

5. Convidaram até o Papa/ Que, amável, recusou
6. Mas mandou a sua bênção/ Em nome do Criador
7. Vi dizer que até o sapo/ Foi chamado, sim senhor
8. Enfim, quem valeu a pena/ Convidar, se convidou
9. Menos a mulher do noivo/ Joana foi só quem sobrou
CORO.   Oi, tira o coco etc.

Encerra o coro

Segundo Ato

BOCA procura CORINA

BOCA.   Corina, tá sabendo dos boatos?
CORINA.   Que boatos?...
BOCA.   Da festa do Jasão...
Dos convidados e dos aparatos...
CORINA.   Nunca vi nome melhor num cristão
do que o que te deram, Boca Pequena
Nem é boca, isso aí é um ferimento
de onde sai a língua que é uma gangrena
cuspindo maldade e constrangimento
Você pare de carregar boato
pra lá e pra cá em consideração
à dor de Joana...
BOCA.   O que é que eu fiz? O fato
é que vai haver muita festa. Eu não
tenho culpa...
CORINA.   E vocês, não são amigas
de Joana? Vão pra casa, tenham dó...
Deixa o Boca Pequena co'as intrigas
dele aí...
NENÊ.   Ih, Corina, você só
é vizinha de Joana, quer ser dona?
Saem todos; CORINA *se encaminha para o set de* JOANA,
que aparece
CORINA.   Joana, comadre, preciso contar
Corre de boca em boca que a cafona

da filha do Creonte vai casar com
toda a pompa e rios de dinheiro,
lua de mel lá na Foz do Iguaçu...
Ela coberta de ouro... O corpo inteiro,
tudo de ouro...

JOANA. Tudo? Ouro até no cu?

CORINA. Foi o que me falaram...

JOANA. Estão rindo
de mim, comadre?...

CORINA. Quem? De você? Não...

JOANA. Essa cambada está se divertindo
à minha custa. Sei que eles estão
Riam de mim, mas não de filho meu
Não deles, que são a única prova
de que algum dia por aqui viveu
uma mulher que foi bonita, nova,
gostosa e até feliz... Não, não é nada
disso, merda. Eles são a evidência
da dor de uma mulher desesperada
E dessa dor, são causa e consequência, isso sim...

CORINA. Vai recomeçar, mulher?
Tá pirada?...

JOANA. Me escuta, por favor,
comadre Corina, haja o que houver,
você vai me prometer...

CORINA. Pelo amor
de Deus, ô Joana, não perca a esperança...

JOANA. Não perco, não perco, pode deixar
Eu só espero o dia da vingança
Quer esperança maior pra esperar?

CORINA. Não faça besteira...

JOANA. Tá bom. Corina,
quer me ajudar?...

CORINA. Eu estou do seu lado...

JOANA. Não quero consolo nem vaselina
Eu quero ajuda mesmo, tá falado?
CORINA. O que é?...
JOANA. Haja o que houver, você jura
que você e Egeu ficam co'os pequenos?
CORINA. Que é que é "haja o que houver"? Loucura
comigo, não. Explique pelo menos
o que é que você está pretendendo...
JOANA. Deixa de frescura, assim não dá pé,
Corina. Eu sei que você tá sabendo
o que é que eu quero, não me cansa...
CORINA. O que é?
JOANA. Escuta, você sabe, eu tou na lona
e trabalhar fora não é vexame
Lavo privada, coso pra madame,
aperto parafuso ou vou pra zona
Seja como for, tenho que deixar
eles com alguém...
CORINA. Mas Jasão já tem
como ajudar...
JOANA. Não quero herança nem
dote de Creonte pra sustentar
meus filhos...
CORINA. Escuta...
JOANA. Ele me abandona
e eu fico dependendo da diária
Eu tenho braço pra ser operária
e tenho peito pra ser marafona
Mas os filhos, onde é que vão ficar?
CORINA. Eles também são filhos de Jasão,
comadre Joana...
JOANA. Isso é o que eles não são
Essa pecha eles não vão carregar
Seu Jasão chegou, pou, meteu, gozou

e se mandou... Ô, comadre, ser pai
é um pouco mais do que isso... Você vai
falar com Egeu, né? Você jurou...
CORINA.   Jasão tem direito...
JOANA.   Tem não, Corina
Comigo ele nem assinou papel
com ela sim é que vai ter anel,
cartório e padre, uma igreja grã-fina
e recepção com garção e bufê
Mas não tem nada, um dia a casa cai
e eu quero meus filhos órfãos de pai
Por enquanto eu preciso que você
mais Egeu tomem conta das crianças
CORINA.   Tá bem, comadre Joana, eu vou falar
com Egeu. Eu só não quero escutar
mais você falando nessas vinganças
JOANA.   Jeito de falar. Fizeram aqui,
aqui vão pagar...
CORINA.   Assim é que não
ajudo mesmo
JOANA.   Comadre, é questão
de sobrevivência, eu peço pra ti,
fica co'as crianças só enquanto eu
arranjo emprego...
CORINA.   Não sei...
JOANA.   Tou falando
CORINA.   Não tá falando, tá ameaçando
JOANA.   Comadre, ajuda... *(Tempo)*
CORINA.   Eu falo com Egeu,
mas juízo...
JOANA.   Inda hoje, se puder
agora mesmo
CORINA.   Por que tanta pressa?
JOANA.   Eu tenho que fazer uma promessa...
CORINA.   Tu vai fazer obrigação, mulher?

JOANA. É, obrigação...
CORINA. Pra quem?...
JOANA. Eu preciso
CORINA. É Exu, mulher?...
JOANA. Não. É pro djagum
de Oxalá...
CORINA. Não mente, Joana...
JOANA. É Ogum
CORINA. Olha aí, mulher, já pedi juízo...

Escurece... Orquestra introduz Paó para o djagum de Oxalá; *no fundo do palco, quatro vizinhas inteiramente estendidas com a testa para o chão vão levantando lentamente e cantando a louvação; luz no* set *de mestre* EGEU, *que fala com* CORINA *enquanto as vizinhas cantam*

EGEU. Os filhos dela agora são dois freios
Dois sinais de cuidado, são os filhos
CORINA. Tem hora que ela chama de empecilhos,
tem hora que ela diz co'os olhos cheios
d'água: meus dois olhos são meus dois filhos
EGEU. Estão no meio, entre ela e o precipício
CORINA. Tem hora que ela grita, arma um comício
contra os dois. Diz que eles são dois gatilhos
Depois tem hora que, em seus devaneios,
são duas crianças abençoadas
EGEU. Sem eles as mãos ficam desatadas,
desimpedidas, livres, sem receios
CORINA. Então sou eu que não entendo nada
Se ela está aqui co'os filhos engasgada
ou se quer mesmo procurar os meios
para criá-los. Mesmo assim, coitada...
EGEU. Assim pergunto se a ajuda acertada
não é juntá-la aos filhos, dois arreios
CORINA. Mas se eu estou confusa nesse enleio,
eu que estou cá em casa, bem casada,
imagina quem foi partida ao meio

EGEU. Mas, se ela ficou tão desnorteada,
não sou eu que vou usar o meu receio
como desculpa pra não fazer nada
CORINA. Então a meninada vem?...
EGEU. Já veio
Pode ir ali buscar a meninada
Apaga a luz no set *de* EGEU; *as vizinhas levantam-se completamente; com elas agora também está* CORINA; *explode o ritmo do* Paó para o djagum; *dançando e cantando elas vão despindo* JOANA *de sua roupa e vestindo-lhe uma roupa própria da cerimônia*

VIZINHA
E CORO. Paó, paó, paó, paó, paó
Para o Djagum de Oxalá
Ele é Ogum no mar, nas matas e no rio
Em qualquer lugar
Odé, odé, odé, odé Ogum
Rompe-mato, Beiramar e Ogum beje,
Salve Ogum!
Nagô e Malê!
Salve Ogum, Iara, Rompe-mato e Naruê!
JOANA. *(Cantando)*
Tem canjerê, tem canjerê na terra
Chama seu Ogum pra vir nos ajudar
Nosso inimigo está fazendo guerra
Chama seu Ogum pra guerrear
TODOS. Paó, paó, paó etc.
(Fazem nova evolução pelo palco inteiro; agora os três vizinhos que estavam no botequim juntam-se às vizinhas, cantando e dançando; param em frente ao set *de* CREONTE, *no ritmo; interrompe-se o canto para dar lugar a gemidos, sussurros e assovios de vento que, junto com os atabaques, sublinham a fala de* JOANA)
JOANA. O pai e a filha vão colher a tempestade
A ira dos centauros e de pomba-gira

levará seus corpos a crepitar na pira
e suas almas a vagar na eternidade
Os dois vão pagar o resgate dos meus ais
Para tanto invoco o testemunho de Deus,
a justiça de Têmis e a bênção dos céus,
os cavalos de São Jorge e seus marechais,
Hécate, feiticeira das encruzilhadas,
padroeira da magia, deusa-demônia,
falange de Ogum, sintagmas da Macedônia,
suas duzentas e cinquenta e seis espadas,
mago negro das trevas, flecha incendiária,
Lambrego, Canheta, Tinhoso, Nunca-visto,
fazei desta fiel serva de Jesus Cristo
de todas as criaturas a mais sanguinária
Você, Salamandra, vai chegar sua vez
Oxumaré de acordo com mãe Afrodite
vão preparar um filtro que lhe dá cistite,
corrimento, sífilis, cancro e frigidez
Eu quero ver sua vida passada a limpo,
Creonte. Conto co'a Virgem e o Padre Eterno,
todos os santos, anjos do céu e do inferno,
eu conto com todos os orixás do Olimpo!
(Encerra-se a ventania e retorna a melodia do Paó*)*
Saravá!
TODOS. Saravá!
(Sobem cantando e dançando)
Paó, paó, paó, paó, paó etc.
Mais dois vizinhos juntam-se aos que já estão cantando e dançando; o último a aderir é BOCA PEQUENA; *marcar, na coreografia, a sua indecisão para entrar; agora, enquanto ainda dançam, vai acendendo em resistência a luz do* set *de* CREONTE, *onde* ALMA *e* JASÃO *estão namorando.*
Encerra a coreografia
ALMA. *(Passa a mão na cabeça)*
Hã...

JASÃO. Que foi?...
ALMA. Nada...
JASÃO. Diz...
ALMA. Dor de cabeça
JASÃO. *(Toma o pulso dela)*
O pulso está bom...
ALMA. Claro, não é nada...
JASÃO. Quer que mande fazer uma compressa?
ALMA. Não
JASÃO. É melhor...
ALMA. Estou desconfiada...
Eu não sei não...
JASÃO. Que que é?...
ALMA. Deixa pra lá...
JASÃO. Ah, não. Agora você vai dizer
ALMA. O quê?...
JASÃO. O que cê tá pensando, vá...
ALMA. Não é nada, não...
JASÃO. Fala...
ALMA. Essa mulher...
JASÃO. Que é que tem...
ALMA. Cê sabe. Não é segredo
nenhum, essa mulher...
JASÃO. Não sei de nada,
Alma, do que é que você tá com medo?
ALMA. Você sabe que ela vive enfiada
em terreiro, transando co'a desgraça...
JASÃO. É isso? Cisma com santo e terreiro?
Toma um Melhoral que o feitiço passa...
ALMA. Tou tomando remédio o dia inteiro
JASÃO. É bruxaria? Então deixa pra mim
Posso fazer um passe?...
(Brinca de fazer passe nela)
ALMA. Essa mulher...

JASÃO. Escuta, Alma, se macumba é assim,
Cada um faz na vida o que quiser
E não adiantava, todo mundo ia
fechar o corpo contra todo mal
e a indústria farmacêutica falia
ALMA. Não falei isso...
JASÃO. Sou mais Melhoral
ALMA. Não tou falando em alma do outro mundo
Tou falando de coisa bem concreta
Eu falo nessa mulher...
JASÃO. Um segundo...
ALMA. Essa mulher tá fazendo falseta
Taí na praça pública, gritando,
xingando, querendo que a gente morra,
exibindo os filhos, envenenando,
uma praga...
JASÃO. Não fala isso, porra
ALMA. O que, Jasão? Falou porra? Comigo?
JASÃO. Desculpe...
ALMA. Comigo???...
JASÃO. Foi sem querer
ALMA. Está vendo? É ou não é como eu digo?
Ela está entre nós dois. Dá pra ver
ela aqui, o dia inteiro presente,
qualquer que seja o assunto, essa mulher...
JASÃO. Alma...
ALMA. Essa mulher surge de repente
JASÃO. Alma, espera...
ALMA. Eu chamo como quiser,
viu? Essa mulher, essa mulher, essa
mulher... À merda, a sua consciência
retorcida, viu?...
JASÃO. Calma, não começa...
ALMA. À merda, Jasão, co'essa dependência
que te divide em dois...

JASÃO. Calma...
ALMA. Eu não sou
saco de pancadas do teu remorso
Você é aquilo que é. Noivou
comigo porque quis. Eu não te forço
a casar comigo, mas casa inteiro
Se não, merda, é melhor não casar, não
JASÃO. Calma...
ALMA. Estou errada?...
JASÃO. Calma, primeiro
ALMA. *(Leva a mão à cabeça;* JASÃO *a apoia no ombro)*
Não vai me responder nada, Jasão?
Ele fica um tempo em silêncio com a cabeça dela em seu ombro;
CREONTE *entra em silêncio, beija a filha e não cumprimenta*
JASÃO; *um tempo de constrangimento*
ALMA. Tudo bem, meu pai?...
CREONTE. Não tem nada bem
ALMA. O que foi?...
CREONTE. Nada. Só chateação *(Tempo)*
JASÃO. Algum problema?
CREONTE. Não, só que ninguém
pode mais ser amável, bonachão,
no mundo atual, cheio de rancor,
desamor, desafeto, desestima
Desculpe, Alma, mas você faz favor
e eles, em troca, te cagam em cima
ALMA. O que foi, meu pai?
CREONTE. É, doutor Jasão
JASÃO. Algum problema?...
CREONTE. Que é que você acha?
JASÃO. O caso do mestre Egeu...
CREONTE. Isso não,
agora não, senão meu saco racha
JASÃO. Quer ficar sozinho, eu posso sair...
ALMA. Quer que a gente saia?...

CREONTE.   Esperem um pouco
　　Eu preciso de alguém pra refletir
　　comigo se eu estou caduco, louco,
　　ou o mundo está ficando esquisito...
　　Fazem baderna, chiam, quebram trem,
　　quebram estação, muito bem, bonito
　　E a gente inda tem que dizer amém
　　O trem atrasa o quê? Nem meia hora
　　E o cara quebra tudo... Acha que é certo,
　　Jasão?...
JASÃO.   Não discuto quebrar... Agora,
　　quem às três da manhã tá de olho aberto,
　　se espreme pra chegar no emprego às sete,
　　lá passa o dia todo, volta às onze
　　da noite pra acordar a canivete
　　de novo às três, tinha que ser de bronze
　　pra fazer isso sempre, todo dia,
　　levando na marmita arroz, feijão
　　e humilhação...
CREONTE.   Ora, sociologia...
JASÃO.   O que que é?...
CREONTE.   Sociologia, Jasão...
JASÃO.   Não...
CREONTE.   Da pior, beira de cu, barata...
JASÃO.   O cara já tá por aqui. Tá perto
　　de explodir, um trem que atrasa, ele mata,
　　quebra mesmo, é a gota d'água...
CREONTE.   Tá certo,
　　Alma? *(Silêncio)* Muito bem. Na Segunda Guerra,
　　só russo, morreram vinte milhões
　　Americano, pra ganhar mais terra,
　　foi dois séculos capando os colhões
　　de índio. Japonês gritava "Viva
　　o Imperador", entrava no avião

pra matar e morrer de fronte altiva
Na Inglaterra, uma pobre criatura
de oito anos, há dois séculos atrás
já trabalhava na manufatura
o dia inteiro, até não poder mais,
quatorze, quinze horas... Posso dar quantos
exemplos você quiser. Foi assim
que os povos todos construíram tantos
bens, indústria, estrada, progresso, enfim
Mas brasileiro não quer cooperar
com nada, é anárquico, é negligente
E uma nação não pode prosperar
enquanto um povo fica impaciente
só porque uma merda de trem atrasa
JASÃO. Impaciente pra chegar até
seu trabalho...
CREONTE. Não, pra voltar pra casa
Quer outro exemplo, hein?...
JASÃO. Eu não sei aonde é
que o senhor quer chegar...
CREONTE. Eu chego, eu sei...
Vou lhe dizer o que é que é o brasileiro
alma de marginal, fora da lei,
à beira-mar deitado, biscateiro,
malandro incurável, folgado paca
vê uma placa assim: "não cuspa no chão",
brasileiro pega e cospe na placa
Isso é que é brasileiro, seu Jasão...
JASÃO. Não, ele não é isso, seu Creonte
O que tem aí de pedra e cimento,
estrada de asfalto, automóvel, ponte,
viaduto, prédio de apartamentos,
foi ele quem fez, ficando co'a sobra
E enquanto fazia, estava calado,

paciente. Agora, quando ele cobra
é porque já está mais do que esfolado
de tanto esperar o trem. Que não vem...
Brasileiro...
CREONTE. É mais um debochado...
JASÃO. Hein?
CREONTE. E é ingrato...
JASÃO. Não, é cansado...
CREONTE. Não, abusado...
JASÃO. É não...
CREONTE. É sim, seu Jasão
Não é pra entrar no campo pessoal
mas já vou lhe dar o exemplo final:
essa mulher com quem você viveu...
JASÃO. Isso eu não vou discutir...
CREONTE. Vai sim...
ALMA. Eu
peço licença... *(Vai saindo)*
CREONTE. *(Autoritário)* Tu não vai sair
JASÃO. Esse assunto eu não quero discutir,
seu Creonte...
CREONTE. Pois vai ter que querer
porque eu já não posso mais conceber
que essa mulher fique abrindo o berreiro
contra mim, nas esquinas, no terreiro,
me esculhambando. Em tudo quanto é beco,
boteco, bilhar, eu escuto o eco
da voz dela me chamando ladrão,
explorador, capitalista, cão,
botando os santos dela contra mim...
Eu vou deixar que ela me trate assim?
É justo que o crente tenha o seu culto,
mas que reze oração e não insulto
Não, religião é religião,
isso pra mim se chama agitação

Agora, você veja, tem noventa
apartamentos ali. Mais de oitenta
estão atrasados. A maioria,
é, quase todos, ninguém paga em dia
E eu fecho os olhos, relevo, compreendo
Este mês não pode? Fique devendo
Essa mulher que está me destratando
também não paga sabe desde quando?
E sai à rua pra me esculhambar
Outros se juntam pra não me pagar...
São ou não são ingratos, meu rapaz?
São ingratos, sim senhor, e tem mais:
este teu povo é porco, relaxado
Aquilo lá é imundo, malcuidado
Furam parede, tapam a janela,
dependuram roupa, feito favela
Ninguém lá faz benfeitoria,
só fazem filhos e feitiçaria
Então, Jasão, que é que você me diz?
JASÃO, *cabeça baixa, não responde; luz na oficina de* EGEU,
    por onde vai passando BOCA PEQUENA, *que entra*

BOCA.   Boa, mestre...
EGEU.   Boca...
BOCA.   Tudo feliz?
              No outro set
CREONTE.   Você não fala nada?...
              No outro set
EGEU.   Novidade?
              No outro set
JASÃO.   Primeiro precisa ver se é verdade
  Quem foi que ouviu?...
             No outro set
BOCA.   Ela fez comício
  no terreiro, outro no bar, no edifício,
  deixou Creonte mais raso que o chão

EGEU. Você ouviu?...
BOCA. Quem? Eu?...
EGEU. Ouviu ou não?
BOCA. Pra falar a verdade eu nem escuto
direito, mas seu Creonte ficou puto...
Demorará um tempo; EGEU *guardará suas ferramentas
às pressas e apressado sairá da oficina, despedindo-se de*
BOCA PEQUENA; *no outro set*
CREONTE. Pois bem. Eu não quero ela aqui mais não
JASÃO. Eu...
CREONTE. Alma, agora você pode ir...
ALMA. Então
até... (Beija o pai, passa por JASÃO, e sai)
JASÃO. Seu Creonte...
CREONTE. Não adianta,
rapaz. Da outra vez eu transigi
Agora, atravessou minha garganta
JASÃO. Olhe... Escute...
CREONTE. Eu bem que lhe adverti
Você me pedia, eu ia deixando,
mas agora não tem mais cabimento!
JASÃO. Posso falar?
CREONTE. Se quiser vá falando,
mas pra mim é como se fosse vento
JASÃO. Então o senhor...
CREONTE. Vou botar pra fora
JASÃO. Assim, de uma hora pra outra?
CREONTE. Agora!
Vou co'a polícia e boto ela na rua
E tem mais, seu Jasão, dentro da lei
Sabe que eu posso, não sabe?...
JASÃO. É, eu sei
CREONTE. Pois muito bem... *(Levanta-se para sair)*
JASÃO. Mas se o senhor acua
a fera é pior...

CREONTE. Sei...
JASÃO. Então precisa
 parar pra ouvir uma ponderação...
CREONTE. Se é sobre ela, pra mim é como brisa...
JASÃO. Não, é sobre você...
CREONTE. O senhor...
JASÃO. Não
 você!...
CREONTE. Me respeite, seu...
JASÃO. Vai me ouvir
 agora que eu já tou mais que cansado
 de te ver fazer besteira..
CREONTE. Vou rir
 É piada... Que é isso?...
JASÃO. Está errado
CREONTE. O quê???...
JASÃO. Pois é, tá tudo errado!...
CREONTE. Errado
 o quê?...
JASÃO. Posso falar?...
CREONTE. Muito engraçado,
 ora...
JASÃO. Posso? *(Tempo)* Quero me desculpar
 primeiro... Falei alto...
CREONTE. Anda depressa,
 fala...
JASÃO. O que é que eu tenho que lhe interessa?
CREONTE. Me interessa? Pra quê?...
JASÃO. Pra me aceitar
 como teu genro...
CREONTE. Você?... Bem, Jasão,
 pra ser sincero, você, não tem nada...
 Bom... "nada" é só uma força de expressão
 Desde que a mãe morreu, Alma, coitada,
 virou um contrapeso pro meu luto

E a minha vida é fazê-la feliz
Se ela te escolheu, gosto não discuto...
Tentei... Falei de Europa, ela não quis
E como tu não tens papel passado
co'aquela mulher, acabei cedendo
Agora até gosto de ti. Tou vendo
este bairro ficar mais comentado
com tua canção. Fico agradecido
Quem que não gosta de ser conhecido,
é ou não é? Alma tem vaidade
de teu samba e, hoje, confesso, eu também...

JASÃO. Mas vai ter uma hora da verdade,
quer dizer, vai ter a hora que alguém
vai ter que tomar conta do negócio,
alguém que vai sentar nessa cadeira...
Se o teu herdeiro é só de samba e ócio,
sentá-lo ali é uma grande besteira

CREONTE. Você se esquece que inda estou bem vivo
Não morro sem deixar um bom ativo
pra você movimentar... Eu te ensino

JASÃO. Quero negociar de igual pra igual
Entro na firma com meu capital
Sabe quanto eu tenho?...

CREONTE. Boa, menino...
Malandro de repente, eu já sabia
que tinha carne embaixo desse angu

JASÃO. Sabe qual é?...
CREONTE. O quê?...
JASÃO. Minha valia?
CREONTE. Qual é?...
JASÃO. Seu Creonte, eu venho do cu
do mundo, esse é que é o meu maior tesouro
Do povo eu conheço cada expressão,
cada rosto, carne e osso, o sangue, o couro...

Sei quando diz sim, sei quando diz não,
eu sei o seu forte, eu sei o seu fraco,
sei a elasticidade do seu saco
Eu sei quando chora ou quando faz fita
Eu sei quando ele cala ou quando grita
E o que ele comeu na sua marmita,
eu sei pelo bafo do seu sovaco
Eu conheço sua cama e o seu chão
Já respirei o ar que ele respira
A economia para a prestação
da casa, eu sei bem de onde é que ele tira
Eu sei até que ponto ele se vira
Eu sei como ele chega na estação
Conheço o que ele sente quando atira
as sete pedras que ele tem na mão
Permita-me então discordar de novo,
que o senhor não sabe nada de povo,
seu coração até aqui de mágoa
E povo não é o que o senhor diz, não
Ceda um pouco, qualquer desatenção,
faça não, pode ser a gota d'água

CREONTE. Muito bem. É com esse capital,
seu Jasão, que você quer ser meu sócio?

JASÃO. É. Tem que ceder um pouco. Afinal
está em jogo todo o seu negócio

CREONTE. Ceder o quê? Tu és sócio ou rival?

JASÃO. Não fique pensando que o povo é nada,
carneiro, boiada, débil mental,
pra lhe entregar tudo de mão beijada
Quer o quê? Tirar doce de criança?
Não. Tem que produzir uma esperança
de vez em quando pra a coisa acalmar
e poder começar tudo de novo
Então, é como planta, o povo,

pra poder colher, tem que semear,
Chegou a hora de regar um pouco
Ele já não lhe deu tanto? Em ações,
prédios, garagens, carros, caminhões,
até usinas, negócios de louco...
Pois então? Precisa saber dosar
os limites exatos da energia
Porque sem amanhã, sem alegria,
um dia a pimenteira vai secar
Em vez de defrontar Egeu no peito,
baixe os lucros um pouco e vá com jeito,
bote um telefone, arrume uns espaços
pras crianças poderem tomar sol
Construa um estádio de futebol,
pinte o prédio, está caindo aos pedaços
Não fique esperando que o desgraçado
que chega morto em casa do trabalho,
morto, sim, vá ficar preocupado
em fazer benfeitoria, caralho!
Com seus ganhos, o senhor é que tem
que separar uma parte e fazer
melhorias. Não precisa também
ser o Palácio da Alvorada, ser
páreo pr'uma das sete maravilhas
do mundo. Encha a fachada de pastilhas
que eles já acham bom. Ao terminar,
reúna com todos, sem exceção
e diga: ninguém tem mais prestação
atrasada. Vamos arredondar
as contas e começar a contar
só a partir de agora...

CREONTE.   Enlouqueceu!
JASÃO.   Ninguém...
CREONTE.   Não dá...

JASÃO. Como não dá? Já deu!
Ninguém... Ninguém... precisa me pagar
os atrasos... É bonificação
Mas... Mas... Atenção pro que eu vou falar...
Aí o senhor pode vociferar
pra ninguém mais atrasar prestação...
Está com receio de mestre Egeu?
Que já fez política, se meteu
em greve no passado e tal? Isola!
Prestação em dia, prédio limpinho,
Egeu vai ficar falando sozinho
enquanto o povo está jogando bola!
(CREONTE *faz um ruído com a boca, debochando de*
JASÃO*)*
CREONTE. Muito bem. Gostei do plano, menino
É caro. Preciso dum pequenino
empréstimo pra fazer essa festa
Quem sabe a puta que o pariu me empresta?
Quem é que vai pagar? Eu estou duro...
JASÃO. Quem vai pagar, Creonte, é o futuro...
CREONTE. Ahn, o futuro, comi muito quando
era criança...
JASÃO. O senhor vai tomando
essas providências que reacende
a chama. Vai ver que o trabalho rende
mais, daí eles ganham confiança,
alimentam uma nova esperança,
o moral se eleva, a tensão relaxa...
Aí é que o senhor aumenta a taxa
Com as melhorias eles vão ter
energia bastante pra mais dez
anos. Dez anos passam sem doer,
sem jogar pedra e sem bater os pés
Em um ano só, um ano de aumento
na taxa, o senhor vai buscar, com sobras

o dinheiro gasto no empreendimento:
no telefone, no jardim, nas obras,
no perdão às prestações em atraso...
Agora, se quiser ver, por acaso,
quem ganhou nesta simples transação
é só contar. Eles lhe dão dez anos,
o senhor dá um só pelos meus planos...
Fica com nove, a parte do leão
(À medida que falava, sem que CREONTE *e o próprio* JASÃO
se dessem conta, JASÃO *sentou-se na cadeira-trono de*
CREONTE; *um tempo; quando* JASÃO *acaba de falar,*
CREONTE *está de pé, pensativo; de repente, fala)*
CREONTE. Boa, Jasão, você com essa cara
e esse seu jeito, puta que o pariu,
parece um imbecil, um parauara,
vou ver... é realmente um imbecil
Pr'onde é que ia a ordem social
se eu fosse tratar burro a pão de ló?
Quer trabalhar direito, tá legal
Agitação pra cima de mim, ó!
Liberalismo, Jasão, acabou
Pensa se eu largo os negócios e vou
ficar por aí fazendo política,
fazendo trama, conchavo, aliança...
Ó, Jasão, você não é mais criança
pra confundir agitação com crítica
construtiva... Egeus e Joanas? Eu, não!
Botou a cabeça pra fora? Pau!
Conheço muito bem, sei o que são...
JASÃO. Legal... Quer ir no peito, tá legal...
CREONTE. Vou, seu Jasão, e vou pessoalmente
matar essas jararacas e mostrar
o pau pra dar exemplo àquela gente... *(Vai saindo)*
JASÃO. Não, espere, por favor, vou falar
com Joana, me deixe conversar antes

CREONTE.   Pra quê? Ela não vai nem te escutar
JASÃO.   Deixe que eu garanto...
CREONTE.   Ah, sim? Tu garantes?
E essa mulher vai deixar de atiçar
contra mim os seus cães e os meliantes?
Rua, pra aprender a me respeitar...
Rua...
JASÃO.   E meus filhos?...
CREONTE.   E minha filha?
(Um tempo)
JASÃO.   Desse jeito eu não posso me casar!
(Um tempo)
CREONTE.   Jogou tudo, rapaz?... Posso pagar
pra ver esse blefe, hein? Vê se esmerilha
essas cartas, olha bem, embaralha... *(Tempo)*
Tá certo... Tá bom, vou conciliar
Mas saiba que é só por considerar
teus filhos e não por aquela gralha
Minha proposta é a seguinte: ela sai
do conjunto, na santa paz, e vai
morar bem longe, noutro fuso horário...
Teus filhos, não se preocupe. É justo
que se arranjem. Dou u'a ajuda de custo
quando for realmente necessário
Pra não cobrir a tua autoridade
e pra evitar bate-boca e vexame,
vá você mesmo convencê-la, chame
prum canto e diga que a cidade
é grande, que este país é imenso
Aqui ela não tem mais ambiente
Procure um outro bairro, algum parente
É tão fácil, é questão de bom senso
Pois bem, minhas cartas estão na mesa
Eu joguei limpo, honesto, na franqueza,

o que é que você acha? Faz besteira
se não pegar. Minha proposta é boa
Não quero teus filhos aí à toa...
Se vai, levanta da minha cadeira
  JASÃO, *em silêncio, levanta-se calmamente; ele vai saindo lentamente e a luz do seu set vai apagando em resistência, enquanto em outro canto do palco se vê mestre* EGEU *descer, trazendo pelas mãos duas crianças;* EGEU *caminha até o set de* JOANA, *uma batucada marca os passos de mestre* EGEU *nessa caminhada, enquanto* CREONTE *fala para si*
CREONTE. Você veja como é o mundo
Me aparece esse vagabundo
cantando sambinha, jeitoso,
falando macio, sestroso
E eu cá pensando: hum, é sambista?
Não passa dum bom vigarista
Um oportunista, arrivista,
isto é, um fresco metido a artista,
sem perspectiva, sem visão
E tomara que Alma desista de lhe entregar seu coração
Mas não é que esse disfarçado
sabe onde tem o seu nariz?
Pois nesse seu palavreado
nem tudo é palpite infeliz
E tem mais certo do que errado
nessas coisas que ele me diz
No fundo, é um cara positivo
Digo mais: ele é muito vivo
Vai dar um bom executivo
Vai dar um ótimo patrão
Porra, não foi sem bom motivo
que a minha filha deu-lhe a mão
  Escurece no seu set; EGEU *está agora com as crianças em frente a* JOANA; *esta corre para abraçar os dois garotos*

JOANA.   Ah, meus filhos, me abraça aqui, me abraça...
Mamãe estava cuidando da vida...
Me abraça, vai, assim, coisa querida...
Mas isso não é coisa que se faça,
mestre Egeu, ora, eu mesma ia lá ver
os meninos...
EGEU.   Como é que foi o dia?
Conseguiu alguma coisa?...
JOANA.   Eu não via
a hora de ver os dois. Mas trazer
os dois até aqui não carecia...
Eu já estava indo mesmo pra oficina
Como é? Deram trabalho pra Corina?
Muita bagunça?...
EGEU.   Só dão alegria
Eu trouxe eles porque preciso ter
uma conversa. Pra te prevenir...
JOANA.   É? Por quê?
EGEU.   Eles podem ir dormir?
JOANA.   Aqui?...
EGEU.   É, aqui...
JOANA.   Não vai mais querer? *(Tempo)*
Correndo... Vumbora fazer xixi
pra ir pra cama... Vumbora... Vumbora
Ela desaparece com as crianças; mestre EGEU *fica esperando;*
demorará um tempo para JOANA *voltar; enquanto isso acende-se*
luz num set
BOCA.   *(Para* NENÊ*)*
Ficou arrancando fogo da espora...
           Luz noutro set
AMORIM.   *(Para* ESTELA*)*
Foi Boca quem falou...
ESTELA.   Aquilo ali
é fogo, Boca é muito falador
ZAÍRA.   *(Para o* XULÉ*)*

Mas o que é que ele vai fazer agora?
Luz no set *do botequim*
CACETÃO. *(Para o* GALEGO*)*
Creonte vai querer botar pra fora...
Luz noutro set
NENÊ. *(Para o* BOCA*)*
Não...
BOCA. Sim, senhora...
Luz no set *do botequim*
GALEGO. Non...
CACETÃO. É sim, senhor
Luz no set *de* JOANA *que volta sem os filhos*
JOANA. Pronto, compadre, o que é que deu errado?
EGEU. Joana, pode contar sempre comigo
pro que precisar. Sabe que afilhado
meu não passa fome. Não tem perigo
Mas o lugar dos guris é aqui
JOANA. Mas, mestre, eu não posso ficar cuidando...
EGEU. Eles não vão se desligar de ti
Enquanto você tá lá se ajeitando
Corina vem, dá banho, faz comida,
com prazer, mas você, onde estiver,
na máquina, na fábrica, na vida,
lembre que eles tão em casa, mulher,
precisando de você pra viver
JOANA. Não estou entendendo, mestre Egeu...
EGEU. Joana, você tem que me prometer...
JOANA. Mas, mestre, o que é que foi que aconteceu?
EGEU. Vai me prometer, tem que me jurar
que de hoje em diante vai ficar
quietinha, bico calado...
JOANA. Essa não...
EGEU. Vai parar de fazer provocação
a Creonte, que isso não dá em nada
JOANA. Não tem quem me faça ficar calada

EGEU. Então não conte mais comigo, Joana
JOANA. Mas, mestre, Creonte rouba, me engana,
me destrói, me carrega até meu macho
e eu fico de bico calado? Baixo
a cabeça? É o que o senhor vem pedir,
mestre Egeu? Pra ficar quieta e engolir
a desfeita?...
EGEU. Se quer brigar, perfeito,
só vim lhe pedir pra brigar direito
O que Creonte quer...
JOANA. O que ele quer
é me ver longe, num canto qualquer
do mundo, calada, pra mais ninguém
aqui lembrar que ele esbulhou alguém,
pra filha casar feliz e contente
EGEU. É isso o que ele quer. Exatamente
Então, se você fica prevenida,
fingindo que esqueceu, levando a vida
como se nada fosse, sem qualquer
provocação, então se ele quiser
te despejar na rua — e ele pode —
não vai poder porque vai dar um bode,
todo mundo vai ficar do seu lado,
Creonte vai ficar paralisado
na proporção da força que dispõe
Mas se em vez disso, não, você se põe
a agredir, xingar, abrir o berreiro
em tudo que é esquina, bar e terreiro,
você se isola, perde a aprovação
dos seus vizinhos, fica sem razão
Sendo assim, o que você fez, mulher,
ontem de noite, é justo o que ele quer
A gente avança só quando é mais forte
do que o nosso inimigo. A sua sorte
é ligada à sorte de todo mundo

na vila. Trabalhador, vagabundo,
humilhado, ofendido, devedor
atrasado, quem paga com suor
as prestações da vida é seu amigo
Quem leva na cabeça está contigo,
está naturalmente do teu lado
Então, cada passo tem que ser dado
por todos. Se você avançar só,
Creonte te esmaga sem dor nem dó
Compreendeu, comadre Joana? *(Silêncio)*
Entendeu?
Entendeu?...

JOANA. Me responda, mestre Egeu,
o senhor alguma vez já sentiu
a clara impressão de que alguém lhe abriu
a carne e puxou os nervos pra fora
de uma tal maneira que, muito embora
a cabeça inda fique atrás do rosto,
quem pensa por você é o nervo exposto?
É assim, mestre, que eu estou ferida
E só o que ainda me liga à vida
é meu ódio. E o ódio não é uma peça
que a gente encaixe num quebra-cabeça,
que aí não é mais ódio, é jogo puro
E eu sem ódio, mestre Egeu, no duro
que não consigo mais sobreviver

EGEU. Então, pra você se fortalecer,
não desperdice esse seu ódio ao vento,
use esse mesmo ódio como alimento,
mastigue, engula, saboreie ele,
se arraste, morda a língua, arranhe a pele,
e chore, e reze, e role pelo chão,
faça das suas tripas, coração,
do seu coração, um corpo fechado
onde seu ódio fique represado,

engrossando, acumulando energia
Até que num determinado dia,
junto co'o ódio dos seus aliados,
todos os ódios serão derramados
ao mesmo tempo em cima do inimigo
Numa luta dessas, conte comigo
Mas inda não dá pra brigar agora,
é bobagem brigar justo na hora
que o inimigo quer. Sozinha, fraca,
assim é dar murro em ponta de faca

JOANA. Nessa briga, mestre Egeu, se eu ficar
num canto, retraída, vão falar:
coitada! Se esperneio, boto a boca
no mundo, vão dizer: é porra-louca
Então, já que na hora eu tou sozinha
mesmo, deixa eu brigar à moda minha

EGEU. Tá não, comadre, pode confiar,
todo mundo está querendo ajudar

JOANA. É pena...

EGEU. Não é não, é simpatia...

JOANA. O senhor acha mesmo que se um dia
Creonte vier aqui me botar
pra fora, acha que alguém neste lugar
vai ter o peito de me defender?

EGEU. Vai, e não estranhe o que eu vou dizer
Se Creonte chega a esse limite
até Jasão, comadre, me acredite,
Jasão fica do seu lado...

JOANA. Jasão?
Se for se prejudicar, fica não...

EGEU. Depende de como você levar
O importante é você continuar
co'a razão. Assim, eu vim lhe propor
o seguinte: controle a sua dor,

cuide dos seus filhos, vá trabalhar
Também não pode é você entregar
suas crianças nas mãos de Corina
pra se sentir livre feito menina
malcriada, sem contas a prestar
a ninguém e brincando de atirar
pedra lá no telhado de Creonte
Então, comadre, pra morrer não conte
comigo. Pra viver tem minha ajuda,
tá?... Escolha...

JOANA.   Mestre Egeu...
EGEU.   Não me iluda...
JOANA.   Estou só, faço o que o senhor quiser
EGEU.   Você vai fazer porque é uma mulher
que inda tem a responsabilidade
de criar dois filhos. Diga a verdade,
Joana, posso ir tranquilo?...
JOANA.   Pode sim
EGEU.   Não minta. Posso mesmo? Olhe pra mim
JOANA.   Pode ir. Ingratidão, humilhação,
desprezo, dor de corno, solidão,
encho a boca disso e cuspo pra dentro,
faço um bolo de rancor bem no centro
do estômago. Me contorço de dor
mas vou convivendo co'esse tumor,
me estrago, me arrebento, me aniquilo,
mas se disse que pode, pode ir tranquilo
EGEU.   Então, comadre, só pra terminar:
é aqui que os meninos vão ficar
Como eu disse, Corina todo dia
vem cá e faz o que você faria,
dá comida, banho, reza, carão
e tudo o que tiverem precisão
Assim você cuida da vida em paz
que eu juro: ninguém te aborrece mais

EGEU *sai*: JOANA *fica um tempo parada; luz apaga em resistência; um tempo: luz no* set *das vizinhas lavando roupa, em marcação idêntica à do início da peça; chega* CORINA

CORINA. Não é certo...
ESTELA. Que é que foi?...
ZAÍRA. O que é que há?
CORINA. Não é certo...
MARIA. Ela não melhorou não?
CORINA. Não falei com Joana...
NENÊ. Que foi, então?
CORINA. Não sei, não dá, certo é que não está
E olhe bem que Egeu falou co'a coitada,
foi ontem lá, pediu serenidade,
a pobre garantiu, com humildade,
que ia ficar num canto sossegada
Daí eles vão fazer isso agora...
ESTELA. Fazer o quê?
ZAÍRA. Quem?
CORINA. Só se fala nisso,
ora...
MARIA. Nisso o quê?
NENÊ. Dá logo o serviço
CORINA. Creonte quer botar Joana pra fora!
NENÊ. Foi outra coisa que eu ouvi dizer!
ESTELA. Só sei que ele ficou emputecido
co'a fala de Joana...
CORINA. Tá decidido...
ZAÍRA. De onde é que vem essa fofoca aí?
Se é Boca quem falou, nem faço caso...
NENÊ. Por quê? É algum sacana, por acaso?
MARIA. Vai querer... Vai... Foi isso que eu ouvi...
CORINA. Não, não, não... está o maior entra e sai,
um zum-zum-zum, um leva e traz danado
dizendo que o que estava vai não vai
agora já é fato consumado

Nego ouviu da filha, que ouviu do pai,
que parece que contou pro empregado
que encontrou alguém no Parque Shangai
que contou pro vizinho deste lado
que contou que agora é que a casa cai
e que Jasão... Não sei... Tá tudo errado...
Luz no set do botequim
CACETÃO.   Valendo cem que trai...
AMORIM.   Cem que não trai
XULÉ.   Se ele fizer isso é um grande safado...
GALEGO.   Empanada?...
Luz no set das vizinhas
CORINA.   Não dá! Tá tudo errado!
Luz no set da oficina
BOCA.   Estou dizendo, mestre, que ele vai
 Ele virou moleque de recado...
EGEU.   Quem foi que disse isso, Boca?...
No botequim
CACETÃO.   Ele trai
Na oficina
BOCA.   Quem me disse isso foi o advogado
 de seu Creonte, meu compadre, uai...
 Falou que já está tudo preparado,
 mas que Jasão é quem primeiro vai
 pra ver se ela sai por bem...
No set das vizinhas
ZAÍRA.   É veado!
ESTELA.   Dava-lhe um tiro no cu...
No botequim
CACETÃO.   Trai...
AMORIM.   Não trai...
Na oficina
BOCA.   Ele vai...
Nas vizinhas

CORINA. Cafajeste...
    Gangrenado!
                    No botequim
GALEGO. Si? No se...
                    Nas vizinhas
ESTELA. Nem merecia ser pai!
                    Na oficina
BOCA. Ora se trai...
                    No botequim
AMORIM. Não vai...
CACETÃO. Claro que vai
                    Na oficina
EGEU. *(Grita)*
    Cala a boca! Todo mundo calado!
    Fofoca é que eu não quero escutar mais
    E se você, seu Boca, é leva e traz,
    vá dizer pra quem for interessado
    que a comadre tá quieta no seu lado
    e é melhor deixar a comadre em paz
    (Sai à rua gritando; todos dão um passo fora dos seus
    sets, *como se estivessem ouvindo* EGEU*)*
    Atenção! Vou dizer uma vez mais:
    saibam que o lugar de Joana é sagrado!
Todos os que estão em cena param petrificados porque surge, de repente, a figura de JASÃO *que, calmamente, olhando pro chão, se aproxima do* set *de* JOANA; *todos vão se dispersando; apaga a luz dos* sets; JASÃO *está no* set *de* JOANA

JASÃO. Joana... Joana... Joana... (JOANA *aparece*)
JOANA. Não, você não...
    Não quero nada com você, Jasão *(Querendo sair)*
JASÃO. Espera...
JOANA. Filho meu não vai te ver
JASÃO. Não vim por isso...
JOANA. Que é que você quer?

JASÃO.   Falar com você...
JOANA.   O quê?...
JASÃO.   Calmamente...
JOANA.   É coisa ruim...
JASÃO.   Espera...
JOANA.   Não mente...
JASÃO.   Vim fazer uma proposta...
JOANA.   Proposta?
JASÃO.   É. E preciso logo da resposta
(Pausa; silêncio mortal)
Quero pedir... Pedir, não... Implorar...
Que você... arranje um outro lugar...
É... quem sabe? Talvez até... melhor,
quer dizer... pode ser até maior...
Não sei... eu peço que você se mude
prum outro canto qualquer... e que estude
quanto precisa...
JOANA.   Para, Jasão, para!
Assim já é demais... Você tem cara
pra vir aqui e me botar pra fora?
JASÃO.   Não é assim, Joana...
JOANA.   Nossa Senhora!
JASÃO.   Vim aqui na melhor das intenções
pra cumprir com minhas obrigações
de pai...
JOANA.   Pai? Porra, que pai!... Essa não!
JASÃO.   Não grita!... Eu vim buscar a solução
ideal, acredite se quiser,
um jeito pra que nem você, mulher,
nem os meninos passem privação
Pode mudar, sem preocupação,
Hoje mesmo, pode ir se mudando
que eu te garanto, eu fico te pagando
todo mês uma pensão... Bem, seria
uma espécie de aposentadoria

JOANA. Eu não quero dinheiro de Creonte
JASÃO. O dinheiro é meu!...
JOANA. É? Qual é a fonte
de renda? Violão?...
JASÃO. Isso não importa
JOANA. Você quer me convencer, Jasão — corta
essa — que com a sua batucada
vai sustentar a princesa dourada
de Creonte? Qual é?...
JASÃO. Ai, meu cacete...
JOANA. Eu não quero esse dinheiro...
JASÃO. Repete!
JOANA. Eu não quero, não quero esse dinheiro!
JASÃO. Então repete pro conjunto inteiro
pra todos saberem que eu não fugi
das minhas obrigações. Vim aqui,
humildemente, pedi pra ajudar...
JOANA. Sei, você está querendo é enganar
a sua consciência me atirando
as sobras do seu banquete. Pois quando
você...
JASÃO. Não vim discutir. Vim pra ver
o que é que você pretende fazer...
JOANA. Nada, eu vou ficar aqui. E você?...
JASÃO. Isso não dá...
JOANA. Por quê?...
JASÃO. Não dá...
JOANA. Por quê?
JASÃO. O dono do imóvel não quer...
JOANA. Otário,
Creonte é ladrão...
JASÃO. Ele é proprietário...
JOANA. É proprietário seu...
JASÃO. Está co'a lei...
JOANA. Vou sair e perder o que paguei!

JASÃO. Você está atrasada...
JOANA. Eu sei, Jasão
Estou e nunca mais pago um tostão
O preço que constava na escritura
eu já paguei. Passo mais de seis anos
em cima de u'a máquina de costura,
dia e noite ali emendando uns panos
— tu quase sempre na maior pendura
Eu lá trabalhando de sol a sol,
não vou esperar que você se manque
Manda camisa, toalha, lençol,
calça, cueca e a trouxa aqui no tanque
— tu quase sempre lá no futebol
É carregar lata d'água? Eu carrego
Dou injeção, tomo conta de louco
Vou ver se ponho meus bofes no prego
que a prestação já subiu mais um pouco
— tu quase sempre fingindo de cego
A prestação não me dava conforto
Quanto mais eu pagava, mais devia
Virei parteira, fiz mais de um aborto
Mas, entre me matar no dia a dia
e carregar comigo um peso morto,
eu não sei qual dos dois mais me doía
— tu quase sempre lá no cais do porto
Quando vi, tinha pago o preço antigo
e já devia duas vezes mais
Que é isso? Não pago. Não tem castigo
E todo mundo aí já deu pra trás
Se vem falar de despejo comigo,
despeja todo mundo, meu rapaz
— tu quase sempre foste um bom amigo
Por isso eu digo, Jasão, essa casa
é minha, sim, e Creonte é ladrão
JASÃO. Falando assim, mulher, você se arrasa

JOANA. Não. Esta casa eu paguei, seu Jasão
JASÃO. Creonte tem a lei...
JOANA. Então me diz,
 Se tem tanta gente aí atrasada,
 qual é a explicação? O que é que eu fiz,
 que sou a única a ser despejada?
JASÃO. Eu falei...
JOANA. O quê?...
JASÃO. Eu te pedi tanto...
 Esse teu temperamento agressivo
 e insuportável... Ficasse num canto,
 com um gênio melhor, mais compreensivo,
 você ia viver aqui a vida
 inteirinha. E talvez nem precisasse
 pagar. Fui eu que fiz essa ferida
 em você? Então você me xingasse,
 vá lá, pode dizer o que quiser
 de mim, porra, que eu estou me lixando
 Agora, ficar falando, mulher,
 tudo isso que você anda falando
 do sujeito que é dono disso tudo...
 Me diz, aonde é que você quer chegar?
 Eu fiz o que podia, fui escudo
 até agora. Fiz pra conservar
 meus filhos junto de mim. Mas, cacete,
 o que contam ao cara todo dia,
 já devia ter mandado o porrete
 antes. Tem toda a razão. Eu pedia,
 pedia... Joana é uma boa pessoa...
 Agora não dá pra conciliar
 Mas meus filhos não vão ficar à toa,
 quero saber como é que vão ficar
JOANA. Será verdade o que eu estou ouvindo?
 Que cinismo! Meu Deus, mas que cinismo!...
 Jasão, menino, você está agindo

não sei como, só sendo hipnotismo
Ou você é coisa de pau e corda
que Creonte vem e toca. Jasão,
acorda, menino. Jasão, acorda
Sou eu que estou aqui, limpa a visão
Sou a Joana, te conheci criança,
lembra? Mas qual, você não lembra nada
Me deixou com frio, sem esperança,
dois filhos sem pai, toda esculhambada,
vem um velho safado e me escorraça
e o Jasão, essa criança que eu fiz
homem, não me protege, pior, passa
pro lado de lá? Que força infeliz
tem o mundo de Creonte, meu Deus,
que fez com que Jasão virasse isso?

JASÃO.   Agora você vai ouvir os meus
argumentos sem fazer rebuliço
Falo calmo e o mais claro que puder
Tudo o que eu fiz ou vou fazer da vida
devo a mim mesmo, ao meu modo de ser
Talento não se faz sob medida
De barro ruim não sai boa panela
Pegue qualquer pessoa por aí
e lhe entregue todos os meios. Se ela
não tiver alguma coisa de si,
não dá em nada. Você não me fez,
como diz, eu é que estou me fazendo
do tamanho que posso. Se uma vez
ou outra você me... Não tou querendo negar...
você me ajudou, muito bem,
tá, mas isso entre marido e mulher
não é favor, vem e vai, vai e vem

JOANA.   Só vai...

JASÃO.   Ah, se é isso o que você quer,
também joguei a juventude fora

Dei-lhe dez anos. Na fase em que tudo
que é mulher já está servindo de escora
pra guerreiro cansado e barrigudo,
você tinha um homem novo ao seu lado,
renovando pr'ocê a sensação
de que uma vida tinha começado
Quanto vale?...
JOANA.   Vale nada, Jasão
Amor com prazo fixo vale nada
Eu achei que você estava ao meu lado
de olhos fechados, sem hora marcada,
dormindo sem receio e sem recado
pra acordar. Mas não, você estava alerta,
deitado com um pé fora da cama,
esperando chegar melhor oferta
pra esmagar no cinzeiro a velha chama
e correr ao sabor de uma ambição
que assim, da noite pro dia, eu deixei
de satisfazer... Então vai, Jasão...
JASÃO.   Não foi por isso que eu me separei
JOANA.   Ah, não, Jasão?...
JASÃO.   Não...
JOANA.   E por que foi?...
JASÃO.   Não,
não foi por isso...
JOANA.   Sei...
JASÃO.   Não foi por isso...
JOANA.   Então não foi...
JASÃO.   Foi, você tem razão
JOANA.   Não... fala... *(Tempo)* Você é um submisso
Creonte manda: Jasão, vai dar cabo
de tua mulher e teus filhos. Bota
eles na rua. Jasão bota o rabo
entre as pernas e vem...

JASÃO. Sua idiota,
 você não fala assim...
JOANA. Quer me bater?
 Vem!...
JASÃO. Não me atormenta a vida, mulher
JOANA. Então tenha a coragem de dizer
 por que você me deixou?...
JASÃO. Você quer
 saber?...
JOANA. Quero, vá...
JASÃO. Você é viagem
 sem volta, Joana. Agora eu vou contar
 pra você, sem rancor, sem sacanagem,
 por que é que eu tinha que te abandonar
 Você tem uma ânsia, um apetite
 que me esgota. Ninguém pode viver
 tendo que se empenhar até o limite
 de suas forças, sempre, pra fazer
 qualquer coisa. É no amor, é no trabalho,
 é na conversa, você me exigia
 inteiro, intenso, pra tudo, caralho...
 Tinha que olhar pro céu pra dar bom dia,
 tinha que incendiar a cada abraço,
 tinha que calcular cada pequeno
 detalhe, cada gesto, cada passo,
 que um cafezinho pode ser veneno
 e um copo d'água, copo de aguarrás
 Só que, Joana, a vida também é jogo,
 é samba, é piada, é risada, é paz
 Pra você não, Joana, você é fogo
 Está sempre atiçando essa fogueira,
 está sempre debruçada pro fundo
 do poço, na quina da ribanceira,
 sempre na véspera do fim do mundo
 Pra você não há pausa, nada é lento,
 pra você tudo é hoje, agora, já,

tudo é tudo, não há esquecimento,
não há descanso, nem morte não há
Pra você não existe dia santo
e cada segundo parece eterno
Foi por isso mesmo que eu te amei tanto,
porque, Joana, você é um inferno
Mas agora eu quero refresco, calma,
o que contigo nunca consegui,
nunca, nem um minuto. Já com Alma
é diferente, relaxei, perdi
a ansiedade, ela fica ao lado, quieta
e a vida passa sem moer a gente
JOANA.   Muito bem, Jasão, você é poeta
É perigoso porque de repente
está dando às palavras a intenção
que interessa a você...
JASÃO.   Essa é a verdade,
esse é o motivo da separação,
só quero sossego e tranquilidade
JOANA.   Só que essa ansiedade que você diz
não é coisa minha, não, é do infeliz
do teu povo, ele sim, que vive aos trancos,
pendurado na quina dos barrancos
Seu povo é que é urgente, força cega,
coração aos pulos, ele carrega
um vulcão amarrado pelo umbigo
Ele então não tem tempo, nem amigo,
nem futuro, que uma simples piada
pode dar em risada ou punhalada
Como a mesma garrafa de cachaça
acaba em carnaval ou desgraça
É seu povo que vive de repente
porque não sabe o que vem pela frente
Então ele costura a fantasia
e sai, fazendo fé na loteria,

se apinhando e se esgoelando no estádio,
bebendo no gargalo, pondo o rádio,
sua própria tragédia, a todo volume,
morrendo por amor e por ciúme,
matando por um maço de cigarro
e se atirando debaixo de carro
Se você não aguenta essa barra,
tem mas é que se mandar, se agarra
na barra do manto do poderoso
Creonte e fica lá em pleno gozo
de sossego, dinheiro e posição
co'aquela mulherzinha. Mas, Jasão,
já lhe digo o que vai acontecer:
tem u'a coisa que você vai perder,
é a ligação que você tem com sua
gente, o cheiro dela, o cheiro da rua,
você pode dar banquetes, Jasão,
mas samba é que você não faz mais não,
não faz e aí é que você se atocha
Porque vai tentar e sai samba brocha,
samba escroto, essa é a minha maldição
Gota d'água, nunca mais, seu Jasão
Samba, aqui, ó...

JASÃO. Tá bem. Tem razão, Joana
JOANA. Nunca...
JASÃO. Muito bem...
JOANA. Você não engana
ninguém...
JASÃO. Isso não é o que eu vim discutir
JOANA. Nunca...
JASÃO. Para, mulher! *(Tempo)* Vou repetir:
não dá mais pra você ficar na vila
Daí, vim te ajudar, fica tranquila,
porque onde quer que você vá morar
tem meu auxílio...

JOANA. É, você vai passar
a lua de mel por aí, voando
e deixa os filhos co'a mãe passeando
num burro sem rabo, é?...
JASÃO. A culpa é tua
JOANA. Como? Sou eu que te ponho na rua
pra me casar com outro?...
JASÃO. Você fica
esculhambando Creonte... Futrica,
xinga a mãe, zomba... Samba não faz mais...
Tá bom, comigo você faz, desfaz,
vinga, amaldiçoa. Mas fazer guerra
contra um cara que é dono desta terra,
das casas, de tudo, ora, olha pra mim,
Joana...
JOANA. Pois eu amaldiçoo, sim
Você, Creonte e aquela mosca morta,
que se danem todos, o que me importa?
Eu amaldiçoo teu lar, por Deus,
e os filhos que, em prejuízo dos meus,
vão nascer, se é que vão...
JASÃO. Já chega! É o fim!
JOANA. Chega, não. Eu amaldiçoo sim
JASÃO. Quer dizer que você não quer acordo?
JOANA. Acordo com Creonte? Ah, eu me mordo,
me fodo, mas não faço o que ele quer
JASÃO. Então eu lavo as minhas mãos, mulher
  JASÃO *sai, rápido, cabisbaixo; acende a luz nos sets e vê-se que*
  toda a vila está na expectativa da saída de JASÃO; *os amigos*
  tentam interrompê-lo para dialogar, mas JASÃO *se desvencilha*
  deles e sai; JOANA *vem logo atrás, abrindo o berreiro diante*
  da massa; todos os vizinhos e vizinhas em cena
JOANA. Corre! Vai procurar aquela puta!
Não fica perdendo tempo comigo
Vai bajular Creonte, mas, escuta,

de algum lugar há de vir o castigo
A vida não é assim, seu Jasão
Não se pode ter tudo impunemente
A paz do justo, o lote do ladrão
mais o sono tranquilo do inocente
Corre pro teu casamento, Jasão
Não é essa a tua grande ambição?
Depressa, bebe, come, lambe, goza,
mas, se quem faz justiça neste mundo
me escutar, esse casamento imundo
não vai haver não, por falta de esposa

TODOS. *(Ao mesmo tempo)*
Calma, mulher! — Que foi? — Que é que
Jasão fez? — Que é isso, comadre? — Tem razão!

EGEU. Um momento! Que foi que houve, comadre?

JOANA. O que houve foi que esse filho dum padre
veio me botar pra fora, em pessoa,
veja, mestre, sua alma como é boa
O senhor disse: se Creonte um dia
me enxotasse, Jasão me defendia
Pois, agora, o próprio foi escolhido
pra me botar na rua. Tá entendido?
Creonte não veio, nem mandou cão,
polícia, gerente. Mandou Jasão

AMORIM. Joana, me dê licença. Seu assunto
com Jasão, eu não me meto. Pergunto
porém se seu Creonte tem direito
de te botar pra fora desse jeito

JOANA. Creonte vai me tirar daqui morta
Mas como o motivo não é o atraso,
o motivo é o ódio, então, nesse caso,
ele também vai arrombar a porta
de qualquer um de vocês que fizer
qualquer coisinha que lhe desagrade

ESTELA. É? Dou-lhe um tiro na bunda...

TODOS. *(Riem e comentam)* Verdade...
Na minha porta, não... Pode bater...
JOANA. Isso mesmo. Então, além do dinheiro,
você tá sempre devendo favor
Mas aqui... comigo, não...
ZAÍRA. Que horror...
O homem é dono do mundo inteiro
Põe o dedo na merda, vira ouro,
e inda solta os cachorros, o chifrudo,
numa mulher sozinha...
MARIA. Além de tudo,
sem casa, sem marido, o seu tesouro
são duas bocas para alimentar
ESTELA. E numa hora dessas não se tem
a quem apelar, nem Deus nem ninguém
CACETÃO. *(Meio de porre)*
Um momento. Um momento. Se falar
besteira, desculpe, mas não sei, não...
Com todo esse interesse em despejar
Joana, acho que a filha não vai casar
O Creonte é que quer dar pro Jasão
TODOS. *(Riem e comentam)*
Cala a boca, Cacetão... Tá de porre?
Esse Cacetão!... Ele tá pirado...
CORINA. Espera, pessoal. Muito engraçado
e tal, tudo muito bem, mas ocorre
que Joana está precisando da gente...
JOANA. Não. Eu não quero ajuda de ninguém
Essa briga é minha e eu sei muito bem
o que fazer. Creonte certamente
vai vencer de novo, vai me expulsar
Mas aviso a quem quiser assistir
sentado à minha sorte. Eu vou sair,
mas vão ver que estrago eu vou aprontar

no reino dele, antes de me mandar
Eu... eu fodo... eu... não pode ser assim
Como foi que isso desabou em mim?...
(Em crise de choro)
EGEU.   Comadre, vá pra casa descansar...
Corina vai te fazer companhia
Você não tá só. Corina, vai, vai
com ela...
JOANA.   *(Recuperando a sua altivez)*
Dessa Creonte não sai
sorrindo... *(Sai com* CORINA*)*
EGEU.   Bom... Eu agora queria
falar. A fúria e a indignação
pertencem a Joana. Sua mazela
é sua. A dor é dela. O homem dela,
seu destino, seu futuro, seu chão,
seu lar e os filhos dela. Acabou. Chora
em nome dela quem é amigo dela
Amigo de Jasão que acenda vela
em nome dele. Tá entendido? Agora,
não pode mais deixar acontecer
é que o locador, com base legal
num contrato assim antissocial,
venha botar pra fora essa mulher
TODOS.   Isso — De acordo — Não dá — Tá falado
EGEU.   Não pode porque é suicídio. Se a gente
deixar Creonte jogar calmamente
essa mulher na rua, o despejado
amanhã pode ser você. Você
Você. Tá certo, Joana tratou mal
o locador. Problema pessoal,
não interessa a razão e o porquê
Mas ninguém pode viver num lugar
pelo qual pagou mais do que devia

e estar dependendo da simpatia
de um cidadão pra conseguir morar
tranquilo. Não. O seu chão é sagrado
Lá você dorme, lá você desperta,
pode andar nu, cagar de porta aberta,
lá você pode rir, ficar calado,
lá você pode tanto querer bem
quanto querer mal a qualquer mortal
Você é papa, rei, Deus, general,
sem ter que depender de "Seu" ninguém
E já que todo mundo quer falar
com Creonte sobre essa prestação
que nunca acaba, por que não, então,
ir logo lá duma vez pra matar
os dois assuntos? Vamos...
CACETÃO. *(De porre)* Um momento!
Eu pergunto...
EGEU. Espera aí, Cacetão...
Bem, proponho que, sem agitação,
a gente vá lá, com comedimento,
com toda a calma...
CACETÃO. Eu me oponho...
(Todos fazem psiuuu pedindo silêncio a CACETÃO*)*
EGEU. Falar
das correções e dizer claramente
que dona Joana é como se fosse a gente...
Ninguém vai tirar ela do lugar,
não. Quem tá de acordo levanta a mão
(Todos levantam a mão menos CACETÃO, *e* BOCA PEQUENA
que é visto saindo sorrateiramente)
TODOS. Agora! — Falou! — Isso, mestre Egeu!
EGEU. Vamos, a proposta foi aprovada! *(Vão saindo)*
CACETÃO. Um aparte, mestre Egeu...
AMORIM. É piada...

CACETÃO. Momento... Não posso falar com seu
Creonte... falar calmo, não... Eu só
levanto a mão se for pra dar porrada!
*(Todos falam ao mesmo tempo e vão saindo com mestre
EGEU na frente)*
TODOS. Aí, Cacetão! Que porrada, nada...
Vai dormir! — Qual é a graça? — Tem dó
*Transição de luz marca passagem de tempo; uma fusão —
enquanto vai baixando em resistência a luz da reunião,
à saída de mestre EGEU e da turma, vai acendendo também
em resistência a luz do set de CREONTE; este está
conversando com JASÃO; chega rapidamente o BOCA,
que fala rápido qualquer coisa com CREONTE;
EGEU e os vizinhos vão chegando ao set de
CREONTE e, um segundo antes de se colocarem diante
de CREONTE, BOCA PEQUENA escapole para reaparecer
logo a seguir, integrado no grupo dos vizinhos;
CREONTE se levanta*
EGEU. Jasão, nós aqui, a turma toda...
*(No momento em que EGEU tenta se dirigir a JASÃO, como
a pedir que ele seja um intermediário, ALMA aparece e se
coloca ao lado de JASÃO, enfiando seu braço no dele, pos-
sessivamente; EGEU olha para JASÃO, desistindo, marca um
tempo e fala para CREONTE)*
Senhor
Creonte Vasconcelos, nós aqui estamos
reunidos para...
CREONTE. Você é o orador
da turma? Muito bem, Egeu
(Tentando desarmar a todos)
...Ora, vamos
ficar à vontade, vamos...
*(Descobrindo caras conhecidas, vai cumprimentando e
apertando as mãos)*
Oh, gente boa,

como vai? *(Outro)* Oh, vai tudo bem? *(Outro)*
Olhe o Amorim,
como vai você? *(Outro)* Como vai a patroa?
(Apertando a mão de um por um)
Como vai a pessoa? Você vai bem?...
(Finalmente entregando a palavra de novo a EGEU*)*
Sim...

EGEU.   Nós viemos pra falar de duas questões...
A primeira é o problema das taxas, dos juros,
correção, todo o sistema de prestações...
Esses aumentos sucessivos estão duros
da gente acompanhar... ninguém tá mais podendo...
O senhor sabe que os preços vão aumentando
todo mês... e então o salário vai perdendo
poder aquisitivo, vai minguando, e quando
a gente vai ver...

CREONTE.   Sim...

EGEU.   A segunda questão
se refere ao problema de uma locatária,
dona Joana. Aqui, todos nós, em comissão...

CREONTE.   Vamos por partes. Antes de entrar nessa área,
vamos limpar a primeira, sim?... *(Olha para* JASÃO*)*
Na verdade...
Eu... Bem, de uns tempos pra cá eu tenho
pensado
muito no assunto e estava mesmo com vontade
de procurar vocês, mas estive ocupado...
É que mandei fazer um balanço geral
na minha empresa. Muito bem, o resultado
foi bastante animador. Depois da total
e diuturna mobilização de energia
no sentido de acumular o capital
através de todo um esforço, dia a dia
renovado, austero, preso ao essencial,
o que nos permitiu investir, planejar,

produzir, plantar, desbastar o matagal...
Superada, pois, a fase preliminar,
fase de sacrifício e contenção brutal,
afinal chegou a hora da nossa Empresa
desempenhar a sua função social
Sim, é claro, porque de que serve a riqueza
se não contiver um sentido comunal?
Criar riqueza quando não havia nada
Distribuí-la de maneira racional,
quando há, na proporção da parcela criada
que sobrou. Então faço, de modo informal,
o anúncio, com modéstia, sem estardalhaço,
das seguintes medidas de ordem social
da minha Empresa. Remodelar o terraço
do nosso prédio pra acomodar um pequeno
parque infantil pras crianças tomarem sol,
balanço, gangorra... No fundo do terreno
pretendo fazer um campo de futebol
gramado, trave, medidas oficiais...
Talvez até com luz. Também vou melhorar
as comunicações na vila. As atuais
condições são precárias. Eu vou instalar
um orelhão no sul, um orelhão no norte
Vou aterrar aquele buraco ali junto
do cemitério que, cá pra nós, tá de morte
Afinal de contas até mesmo defunto
precisa viver direito, é ou não é? Hein?
(Todos riem baixo)
Mas não fica aí só, não. Todo aquele prédio,
a Vila do Meio-Dia inteira já tem
que ser repintada. Já tá me dando tédio
aquela sujeira toda, perdão, perdão
Então, o que é que vocês acham?...

TODOS.   Acertada
a medida. — Falou! — Hei! — Boa decisão

CACETÃO. E o botequim, também não vai melhorar nada?
CREONTE. Galego é que é o nosso Ministro da Cachaça,
fale com ele... *(Todos riem)* Bem, agora pessoal,
eu tenho o prazer de comunicar à praça,
mas sem estardalhaço, a notícia final:
aqui ninguém tem mais prestação atrasada
Isso mesmo que eu disse. Abono especial
Prestação antiga já pode ser riscada
do mapa. Quem estiver atrasado e tal,
passe no escritório que o meu advogado
cuida de caso por caso...
TODOS. *(Aplaudindo)* Falou! — Legal!
Aíí, muito bem! — Muito boa! — Tá falado!
CREONTE. Mas... Mas... Prestem atenção pro que eu vou falar
Agora vocês estão com a vida em dia,
já não têm mais que se afligir e se abafar,
não é? Acabou pesadelo e correria
Mas ninguém pode atrasar daqui por diante,
não é? Falei certo? Ninguém vai mais cagar
na gaiola, né?, e esperar que a merda cante
TODOS. *(Aplaudindo)*
Tá certo! — Falou! — Tem razão — Pode
deixar
CREONTE. Agora... Muito bem, qual é o outro problema?
(Um tempo; todos olham para EGEU*)*
EGEU. Antes, seu Creonte, eu queria discordar
CREONTE. De quê?...
EGEU. É que o grande e verdadeiro dilema
não é esse. Tem que discutir e estudar
direito o próprio sistema de pagamento,
essas correções...
BOCA. Mas, mestre, tá resolvido
O homem não tava falando neste momento
que ninguém deve mais nada? Tá decidido...

EGEU.   Vai ser difícil não atrasar se a cada
  mês a taxa...
AMORIM.   Mestre, a gente pode ver isto
  depois, calmamente... Por enquanto foi dada
  u'a solução...
CREONTE.   Bom. Mais que isso só Jesus Cristo
  (Olha o relógio) Meus amigos, eu estou com hora
  marcada
  Qual é o outro problema?... *(Tempo)*
EGEU.   *(Olhando para todos)* Pessoal, e então?
  (Todos ficam em silêncio)
  É o seguinte, dona Joana tá ameaçada
  de despejo, tão falando...
CREONTE.   Não, isso eu não
  vou discutir. Assunto pessoal. Esquece
EGEU.   Nós viemos aqui...
CREONTE.   Atenção, pessoal
  Acabei de tomar, segundo me parece,
  medidas de profundo alcance social
  Os mais antigos, os que me conhecem bem,
  sabem que eu sempre lutei pelo bem geral
  da coletividade. Tem algo, porém,
  que para mim é uma coisa fundamental
  Reservo-me o direito de escolher quem são
  meus amigos ou meus inimigos. Assim,
  pra poder gozar dessa bonificação
  tem um só requisito essencial pra mim:
  ser meu amigo...
EGEU.   Nós não vamos deixar...
CREONTE.   Eu
  tenho que ir chegando, tá na hora. Eu espero
  ter dado a vocês boas notícias. Egeu,
  congratulações, grande embaixador... Eu quero
  muito bem a esse velho... Oh, seu Amorim...
  Apareça... Apareça. Obrigado a vocês

todos... *(Tempo)* Só pra terminar... Alma, vem
cá, sim?
Jasão... Amigos... Já chega de economês
Quero dizer que os bens que acabo de lhes dar
não são frutos apenas... da contabilidade
da Empresa. São um modo de comemorar
com vocês as núpcias de Jasão co'a beldade
que é a minha filha. Sendo assim, eu gostaria
que vocês viessem à festa com calor,
prazer e — por que não? — co'a prestação em dia
E pra garantir à festa o melhor sabor,
comunico desde já que as mulheres todas
estão requisitadas pra trabalhar
na nova indústria que abri: a indústria das bodas
Conto com toda a mão de obra do lugar
Vamos preparar doces, salgados, bebida,
pra lotar dois Maracanãs. Eu falo sério,
essa festa vai ser lembrada e conhecida
por todos como a maior festa do hemisfério

CREONTE *vai saindo;* XULÉ *puxa palmas;* JASÃO *e* ALMA,
encabulados, aos poucos começam a aplaudir;
até que todos, mesmo os inicialmente constrangidos,
aplaudem; luz vai caindo; entra orquestra; as mulheres
vão saindo da reunião, espalhando-se
pelo palco, entoando um cantochão, na
passagem de tempo

CORO. Virgem matriarcarum, me livrai
de toda inútil e vã rebeldia
Joana está sem casa e os filhos, sem pai
Por ela querer mais do que podia
Virgem, cultivai em mim o respeito
Às leis e ao apetite do mais forte
Joana rebelde tem por pena um leito
gélido e solitário como a morte
Cantam agora em BG; EGEU *e* JOANA *em primeiro plano*

EGEU.   Então, Joana, o que Creonte fez
me pegou de surpresa. Não sei
como ele, tão ranzinza, esta vez
soube ceder. Nunca imaginei
que o velho fosse capaz de abrir
mão de alguma coisa pra conter
a insatisfação. Agora é agir
com paciência. Ele soube ver
que há um ano todo mundo estava
no mesmo barco e Creonte era
o inimigo de todos. Chiava
todo mundo aqui nesta tapera
Dé, Meu Tio, Xulé, Zazueira,
chiava você, por ser como é,
corajosa, e a vizinhança inteira
fazia coro, chiava até
Jasão, por ser moço e vigoroso
e aqui se sentir numa prisão
Chiava eu, talvez por ser teimoso,
ou por não ter nada a perder mais não
Mas agora, com habilidade,
Creonte pode atrair Jasão
Pode atrair com facilidade
os melhores entre nós que vão
surgindo. Também pode empregar
um mínimo do que já lucrou
de modo a maioria ficar
na ilusão que a vida melhorou
Com essa manobra ele nos deixa
falando sozinhos para o vento,
dá a impressão de que toda a minha queixa
é queixa de velho rabugento
Mesmo assim, o pessoal... não creio
que na hora mesmo vá deixar
que te enxotem, não tenha receio *(Tempo)*

Mas se for assim... pode deixar
comigo, comadre, a gente dá
um jeito, põe-se água no feijão
e vocês ficam conosco lá
em casa...
(Tempo) Ouviu, comadre?...
JOANA.   Hein? Sim...
Sobe coro das vizinhas que chegam ao seu set; *no botequim, os
vizinhos também estão reunidos; luz permanece também no* set
de JOANA, *ela e* EGEU *calados, de cabeça baixa*
CORINA.   Não
acho que é certo, não...
NENÊ.   Por quê? Bobagem...
ESTELA.   Eu não sei, não...
ZAÍRA.   Também não...
MARIA.   É um serviço
como outro qualquer...
No botequim
CACETÃO.   Amigos, isso
é o que eu chamo uma grande sacanagem
Galego... *(Faz sinal pedindo bebida; todos em silêncio;*
GALEGO *vai buscar a bebida)*
Nas vizinhas
CORINA.   Precisa ter muito colhão
pra pegar esse biscate... *(Ficam todas em silêncio)*
No botequim
CACETÃO.   Tá chato...
Até o Amorim?...
AMORIM.   Porra, Cacetão...
Eu o quê?...
CACETÃO.   Atenção, parede, prato,
talher, prateleira, ele quer saber
o que...
AMORIM.   Dá uma pura... *(*GALEGO *vai buscar; tempo)*
Nas vizinhas

ZAÍRA. Fala, Nenê
NENÊ. Não!...
> *No botequim*

CACETÃO. Fala, Xulé...
BOCA. No meu entender...
CACETÃO. Não, Boca, você não... *(BOCA se cala)*
> *Nas vizinhas*

NENÊ. Corina, vê,
eu vivo de fazer doce pra fora
e já cansei de fazer serviço
pra ela outras vezes...
CORINA. Está louca? Ora,
Nenê...
> *No botequim*

AMORIM. Cacetão, vê se deixa disso,
deixa de ser gigolô moralista
Cada coisa tem seu tempo e lugar
Hoje, pra nós, já foi uma conquista
Mas claro que não dava pra imprensar
um homem que acabava de ceder
melhorias e abono...
XULÉ. Também acho...
CACETÃO. Mas não podia a gente se esconder,
deixar mestre Egeu co'a cara de tacho falando sozinho...
> *Nas vizinhas*

CORINA. Olha, essa menina
roubou o marido duma amiga nossa
e a gente inda faz docinho?...
NENÊ. Ah, Corina,
isso não quer dizer que a gente endossa
o que ela fez...
> *No botequim*

CACETÃO. Mestre Egeu, porcaria,
Egeu...

AMORIM. E ele queria chegar aonde?
  Ninguém tem nada a ver co'a teimosia
  de dona Joana...
                         Nas vizinhas
NENÊ. Corina, responde,
  como é que eu faço pra sobreviver?
  Maria, Zaíra, Estela, do que é que
  todas vivem também?...
                         No botequim
CACETÃO. Eu tou pra ver...
  O cara mostra a carteira de cheque,
  todo mundo... (CACETÃO *arria as calças pra gozar os vizinhos*)
                         Nas vizinhas
ESTELA. Só tem u'a solução
  Ir lá explicar direitinho a ela
  Sem falar com ela eu não topo não... Ela entende
ZAÍRA. Quem vai falar, Estela?
  Eu não vou...
                         No botequim
AMORIM. Foi ele quem recuou
  A gente não tem que reclamar nada
  de Creonte
                         Nas vizinhas
NENÊ. Vai, Corina?...
CORINA. Eu não vou
                         No botequim
CACETÃO. Atenção, muita atenção, macacada,
  vai falar mestre Egeu, valente esteio
  e Presidente desta Associação
  de Moradores de Vila do Meio-
  Dia... Não, corta *(Tempo)* Não tá certo, não
XULÉ. *(Falando num jato)*
  Ser ele o presidente é que está errado
  É autônomo... Não paga prestação
  O estatuto tem que ser alterado
  Só pode ser presidente...

AMORIM. Isso não...
>   *Nas vizinhas*
NENÊ. *(Gritando)*
Pois eu vou. O que tenho que falar,
falo na cara. Se Joana e Jasão
resolveram brigar, eu vou ficar
sem trabalho por causa disso? Ah, não! *(Sai)*
>   *No botequim*
CACETÃO. *(Estalando os dedos como quem dá comida aos cachorros)*
Vem cá, vem, lulu, toma uma linguiça
Para de latir, vai...
BOCA. Seu Amorim,
esse cara quer o quê?...
XULÉ. Não atiça,
Cacetão... (CACETÃO *segue estalando os dedos*)
AMORIM. Para, rapaz...
CACETÃO. *(Estalando os dedos)* Sim... Assim...
Gostou da linguiça?...
AMORIM. Cacetão, porra...
CACETÃO. Vai fazer cara feia pro Creonte *(Estala os dedos)*
Vem, cotó, lambe...
AMORIM. Mixou essa zorra...
Gigolô de merda! *(AMORIM avança pra CACETÃO e dá-lhe uma porrada)*
CACETÃO. *(Furioso).* Caiu da ponte!
CACETÃO *parte pra cima de* AMORIM; *imediatamente,* XULÉ *e* BOCA *vão em cima dele e, juntamente com* AMORIM, *dão-lhe uma surra; fundo musical de orquestra sublinhando os golpes da luta; sai luz do botequim, ao mesmo tempo que* NENÊ *chega ao set de* JOANA
NENÊ. Joana, minha filha, que cara é essa?
Ó, mestre Egeu, fala pra essa menina
que a vida é feita assim mesmo. Começa
todo dia...

EGEU. Comadre está mofina
mas passa, não é, comadre?...
NENÊ. Vem cá... *(Abraça* JOANA *e começa a alisar a cabeça dela)*
Você sabe, Joana, que o pessoal
do Creonte chamou a gente lá
Pois é, tiveram a cara de pau
de chamar a gente, olha só, chamar
eu, Maria, Estela, todas, Corina...
Sabe pra que, mulher? Pra trabalhar
lá nos preparativos, imagina!
Estela pra fazer a feijoada,
Zaíra pra costura, eu pro quindim
Maria pra fazer croquete, empada
Chamaram outra pra fazer pudim
Chamaram outra pra fazer compota
Chamaram até Corina... Tem dó
Nós precisamos muito dessa nota,
você sabe. Mas nós topamos só
se você, Joana, disser que consente
EGEU. *(Enérgico)*
Nenê, isso é hora de vir falar
esse assunto aí?...
NENÊ. Por que não? Se a gente
é amiga de Joana, antes de tomar
qualquer decisão tem que consultar
pra ver se ela não se zanga, se tinha
algum grilo...
EGEU. Nenê, vai se mancar
JOANA. Mestre Egeu... Queria ficar sozinha...

 Vira de costas; demora um tempo; EGEU *e* NENÊ *saem;*
 JOANA *fica de costas, só; luz continua firme; acende luz*
 no set *do botequim;* CACETÃO, *garrafa na mão, todo sujo e*
 roto, caminha trôpego, do botequim para o set *de* JOANA

CACETÃO. *(Cantando)*
　Quem pode pode, quem não pode se sacode, quem não
　se sacode amarra um bode e *everybody* se fode
　na Vila do Meio-Dia
　Que porcaria
　(Chega em frente à casa de JOANA*)*
　Ô, Joana... Joana... princesa... rainha...
　Todos eles têm vida pra cuidar...
　Têm lar, mulher, filhos, copa e cozinha...
　Por isso pensam que vão te deixar
　só. Mas não vão. Você tem toda a minha
　solidariedade. Eu não tenho lar,
　nem filho, nem cozinha. Mas sozinha
　é que você não fica. Vou contar:
　pra ser gigolô é preciso ter
　caráter, ouviu? Você vai casar
　comigo, Joana. Quero agradecer
　a quem acaba de te encurralar
　pra mim, os sacanas. Você vai ser
　minha. Vai ser minha filha, meu lar,
　minha cozinha, ser minha mulher
　Rainha, sai na janela. Desponta,
　estrela. Faz dez anos que eu te espero...
　Dez anos que eu bebo por tua conta...
　Você sabe... Cê sabe que eu te quero
　(Canta)
　Carlos amava Dora que amava Léa que amava Lia que
　amava Paulo que amava Juca que amava Dora que amava...
　Carlos amava Dora que amava Rita que amava Dito que
　amava Rita que amava Dito que amava Rita que amava...
　Carlos amava Dora que amava tanto que amava Pedro que
　amava a filha que amava Carlos que amava Dora que
　amava toda a quadrilha...
　amava toda a quadrilha...
　amava toda a quadrilha...

Uma sirene estridente de polícia cobre o refrão; no breque da canção os policiais entram no palco, empurram CACETÃO *da porta de* JOANA; *forçam a entrada*

JOANA.   O que é que vocês querem nesta casa?...
(Um tempo; aparece a figura de CREONTE*)*
CREONTE.   Eu vim
aqui, saí dos meus cuidados, pra falar
que aqui nesta vila você não vai ficar
nem mais um minuto, pode ir andando, sim?
Pega teus troços, teus filhos e pé na estrada...
JOANA.   Mas como?...
CREONTE.   Chega de ódio, de ouriço e feitiço
JOANA.   Este lugar é meu...
CREONTE.   É? Já vamos ver isso
(Para os guardas)
Quebra esta merda!...
(Os guardas preparam-se para quebrar; tempo; JOANA *apavorada)*
Espera... *(Faz um gesto)*
Vou ser camarada
mais uma vez. Apanhe aí esse dinheiro
Saia sem chiar, calma, sou capaz de dar
mais um pouco...
JOANA.   Você não pode me botar
pra fora...
CREONTE.   Se você não sai por bem, ligeiro,
sai no pau...
JOANA.   Este aqui é meu lugar...
CREONTE.   Papel,
documento... Escritura, onde é que está?
Fim de papo. Não tem perdão nem alvará
Ou sai na maciota ou no sarapatel,
escolhe... *(Faz sinal para os guardas)*
Pessoal...

JOANA.   Onde é que eu vou morar?
CREONTE.   Sei lá... Onde quiser. Mas sai da minha frente
JOANA.   Creonte... Por que um homem onipotente
assim, poderoso assim, precisa jogar
toda a sua força em cima duma mulher
sozinha... por quê?...
CREONTE.   Você quer saber?...
JOANA.   Por quê?
CREONTE.   Por medo...
JOANA.   Medo de mim?...
CREONTE.   Medo de você,
sim, porque você pode investir a qualquer
hora. Tá calibrada de ódio, a arma na mão
E a vida te botou em posição de tiro
Só falta a vítima, mais nada. Então prefiro
virar pr'um outro lado a boca do canhão
Não gosto de guerra nem vou facilitar
diante de quem está se achando injustiçada
JOANA.   Mas o que é que eu posso lhe fazer? Posso nada
Estou de mãos atadas, tenho que cuidar
de dois filhos...
CREONTE.   Sinto, mas não posso fazer
coisa alguma. Prefiro ouvir você agora
me esculhambando, xingando a mãe, indo embora
aos berros, que ficar aqui pra cometer
um desatino, me dar aborrecimento
Vumbora, vumbora, mulher, vumbora, vai...
JOANA.   Escute só, seu Creonte, o senhor é pai,
tem uma filha e é capaz de ter sentimento
É por causa dos meus filhos que eu lhe suplico,
deixa eu ficar...
CREONTE.   Exatamente por amor
à minha filha que não dá mais...
JOANA.   Por favor...

CREONTE. Eu já transigi demais...
JOANA. Eu juro que fico
quieta, seu Creonte...
CREONTE. Não, vumbora...
JOANA. Não faça...
CREONTE. Pra já...
JOANA. Meu Ganga, fecharam por todo lado...
Mas não pode, de algum lugar um aliado
tem que vir...
CREONTE. Quê? Vai começar com ameaça?
(Para a polícia)
Bota essa tralha na rua...
JOANA. Não! Pelo menos
me dê um dia... Um dia só, que é para eu saber
pra onde é que eu posso ir...
CREONTE. Não dá...
JOANA. Não vou poder
sair sem destino com dois filhos pequenos
Eu ia embora mesmo. Não quero ficar
nesta desgraça de lugar. Só quero um dia
pra me orientar, se não não dá...
CREONTE. Eu não devia
nem ouvir...
JOANA. Um dia...
CREONTE. Nem devia levar
em consideração, porque tenho certeza
de estar fazendo besteira quando te atendo...
Certeza que, sendo humano, saio perdendo
Agora, eu vou lhe falar com toda a clareza:
se amanhã à noite você inda estiver
aqui, eu acabo de vez co'esta novela
Não vai sobrar cama, nem porta, nem janela,
sabe? Eu quebro esta merda. Eu quebro tudo, ouviu?
(Sai com a polícia)

JOANA.   Ouvi sim, Creonte, um dia. Um dia, preciso
mais do que isso? Por quê? Pra quê? Quem te pariu
só precisou de um dia. O que se construiu
em séculos se destrói num dia. O Juízo
Final vai caber inteirinho num só dia
Quando me deu um dia, você se traiu,
Creonte, você não passa de um imbecil,
porque hoje me deu muito mais do que devia
(A orquestra ataca; ela canta)
Pra mim
Basta um dia
Não mais que um dia
Um meio dia
Me dá
Só um dia
E eu faço desatar
A minha fantasia
Só um
Belo dia
Pois se jura, se esconjura
Se ama e se tortura
Se tritura, se atura e se cura
A dor
Na orgia
Da luz do dia
É só
O que eu pedia
Um dia pra aplacar
Minha agonia
Toda a sangria
Todo o veneno
De um pequeno dia
(JOANA, *cantando, chegou em frente ao* set *de* EGEU;
enquanto chama CORINA, *a orquestra segue tocando)*
Corina, Corina... (CORINA *aparece*) Faz um favor pra
mim, mulher.

Vai chamar Jasão. Diz
que estou aliviada. Minha dor
está passando. Vai?...
CORINA. Vou. Estou feliz... *(Sai; orquestra modula para* JOANA *recomeçar o canto)*
JOANA. Só um
Santo dia
Pois se beija, se maltrata
Se come e se mata
Se arremata, se acata e se trata
A dor
Na orgia
Da luz do dia
É só
O que eu pedia
Um dia pra aplacar
Minha agonia
Toda a sangria
Todo o veneno
De um pequeno dia
(Terminada a canção, chega JASÃO*)*
JASÃO. Pronto, mulher, que foi?...
JOANA. Nada, Jasão,
quer dizer... eu queria te pedir
perdão...
JASÃO. Quê?...
JOANA. Vem, menino, pode vir
tranquilo...
JASÃO. Não entendi... essa não...
JOANA. Sente aqui comigo, fique à vontade,
deixe eu ver seus olhos, Jasão, sorria,
como se fosse uma fotografia
pra eu levar comigo e matar saudade...
JASÃO. Joana, o que é que te deu, quer me explicar?
JOANA. Não tenha medo, Jasão, eu... não sei...

JASÃO.   Fala pra mim, Joana...
JOANA.   Sabe, eu pensei,
   não parei um minuto de pensar...
   Me diga, quanto vale a lealdade?
JASÃO.   Não sei... Mulher, onde você escondeu
   a fúria? Onde e por quê? Diz...
JOANA.   É que meu
   ressentimento ofuscava a verdade
   Se homem é ação e mulher, postura
   A mulher, o raso, o homem, o fundo
   Se a mulher é de casa e ele é do mundo
   Se ele é chave mestra e ela é fechadura,
   então o que a mulher tem que cobrar
   dele não é lealdade, mas brilho
   Pode comer quem quiser, fazer filho
   numa, casar com outra, descasar,
   o que importa é ganhar uma parada
   toda semana. Um marido leal
   mas fracassado, quem quer? Se ela é mal
   trepada, a lealdade vale nada
   pra ela. Mulher, o útero arrebenta
   de prazer com o brilho do seu macho
   Eu já pensei muito e é isso que eu acho
   Vai, Jasão, fazer tua vida, inventa
   teu destino que eu já fico contente
   em saber que um pouco de mim vai ter
   no peito do homem que você vai ser
   Por isso é que eu te chamei. Vai em frente
   Jasão, aqui você tem uma amiga
   que quer ver você feliz...
JASÃO.   *(Abraçando* JOANA *com efusão)*
   Eu sabia
   que ia ouvir você dizer isso um dia
   Eu sabia porque não é com briga,

Joana, que um amor como o de nós dois
pode acabar...
JOANA. Creonte veio aqui
Você sabe, não é?...
JASÃO. *(Envergonhado)* Sei... e daí?
JOANA. Foi bom comigo. Muito bom. Depois
de tudo o que eu disse dele, ele agora
inda deu um dia pra eu me mudar
Quando você sair, vou arrumar
tudo pra ir embora. Mas não é hora
pra falar nisso. Eu quero só te olhar,
só isso...
JASÃO. Joana, não fala assim, não...
Olha... Creonte tem bom coração
Se você quiser eu posso falar
com ele, que ele entende... falo sim
Se ele vê mão estendida, amolece
JOANA. Não dá, Jasão... Precisa, não... esquece
JASÃO. Pelo menos você não sai assim...
JOANA. Mas Creonte está com toda a razão,
porque se eu ficar aqui é ruim
pra vocês, é muito pior pra mim
Não. Eu vou embora. Faço questão,
tá?... *(JASÃO em silêncio)*
Não fica assim, menino, alegria
Eu só não quero ir expulsa, corrida
Quero sair normal, com despedida,
co'a calma de quem foi porque queria
Pode ser assim? Posso lhe pedir
esse favor?...
JASÃO. É claro, Joana, claro...
Falo com Creonte...
JOANA. Diz que eu preparo
tudo até amanhã. Mas quero sair
direita, sem barulho, sem polícia,

sem dizer que me escorraçou no medo,
Jasão, porque eu acho que é muito cedo
pros nossos filhos virarem notícia,
certo?...
JASÃO. *(Envergonhado)* É...
JOANA. Então, filho, que cara é essa?
JASÃO. Joana, eu estava pensando num troço
e não sabia como falar...
Posso pedir pro Creonte... Você começa
a vida, vai precisar... pro Creonte
lhe devolver todas as prestações
que você pagou... daí, compre ações,
invista que depois vai dar um monte
de dinheiro...
JOANA. Nem sei como dizer,
mas ele, daquele jeito, zangado,
ainda me deu um dinheiro... dado...
quando esteve aqui pra me convencer
a sair...
JASÃO. Creonte, Joana, acredite,
ele não é mau... agora sou eu
que preciso pedir um favor seu
Meus filhos, você deixa que eu visite
meus filhos... sempre?...
JOANA. É só você sentir
falta... Vai lá agora, vai... Estão
no quarto... *(JASÃO dá um beijo na testa dela e se precipita pro quarto; JOANA fica só; um tempo)*
Você é burro, Jasão?
Como é que você se deixa iludir
tão facilmente? Ou vai ver que na pressa
de se livrar de mim, nem tá me ouvindo,
porque você já chega aqui saindo
JASÃO. *(Fala quase que de dentro do quarto das crianças)*
Joana... Joana... eu não te dizia que essa

criança nasceu pro gibi? Guri
tá cantando "Gota d'água" certinho,
até a segunda parte. E gurizinho
só ali no ritmo... Vem aqui,
(Gritando) Joana... Vem ouvir, Joana...
JOANA. *(Para si)* Você gosta
deles, né, Jasão? E eles te admiram,
né, Jasão? Porque eles nunca te viram
como eu vejo. Deixou eles na bosta
mas gosta. Eles te dão a sensação
que você se interessa por alguém...
JASÃO. *(Agora aparecendo)*
Joana, me desculpe o que eu vou dizer,
mas eu chego lá. Inda vou vencer
na porra desta vida, me ouviu bem?
Você vai ver... As crianças não vão
ser esquecidas...
JOANA. *(Para si, aterrorizada diante da descoberta)*
Não fale mais nada,
não, Jasão, não me deixe alucinada
Você sabe que eu te odeio, Jasão
Mas contra você todas as vinganças
seriam vãs, seu corpo está fechado
Você só tem, pra ser apunhalado,
duas metades de alma: essas crianças
É só assim que eu posso te ferir,
Jasão? É essa a dor que você não
suportaria? Que é isso, Jasão?
Me aponta outro caminho...
JASÃO. *(Voltando, gritando)* Vão dormir,
vão dormir... Poxa, que bossa, rapaz... *(Tempo)*
Que é isso, mulher, voltou a tristeza?
JOANA.   Conversou co'os meninos?...
JASÃO.   Que beleza, Joana...
JOANA.   JASÃO, posso lhe pedir mais

um favor?... É sobre os dois. Vou-me embora
amanhã mesmo, eu quero sair logo
daqui, cuidar da vida. Mas é fogo
carregar co'os dois por aí afora...
Sabe o que é? Se Creonte não tivesse
nada contra... Você pode falar
com ele. Vocês podiam ficar
co'os meninos até que eu estivesse instalada, entende?...
JASÃO. Mas vai estar
tudo confuso nesses dias, Joana...
JOANA. Eu imagino que em uma semana
ou duas eu já posso ir apanhar
eles...
JASÃO. Não sei...
JOANA. E tua noiva...
JASÃO. O que tem?
JOANA. Eu sei que ela é uma boa moça. Fala
com ela, que questão de filho cala
no coração de mulher nova...
JASÃO. Bem,
vai ser meio esquisito...
JOANA. Olha, Jasão,
tive agora uma ideia mais feliz...
Amanhã, antes da festa, os guris
vão lá...
JASÃO. Não. Pra quê?...
JOANA. Sim, faço questão
Eles vão lá com um presente meu,
um agrado, sinal que eu declarei
paz...
JASÃO. Mas pra quê?...
JOANA. Pode deixar que eu sei
o que eu estou fazendo, Jasão. Eu
visto os meninos direito, preparo
uma lembrancinha, Jasão. Agora,
se as crianças lhe fazem vergonha...

JASÃO. Ora,
   Joana, que é isso? Eu posso dar amparo
   aos dois... Creonte ajuda. Vou falar
   com Alma também, tudo bem, mas não
   precisa mandar eles lá...
JOANA. Jasão,
   é importante pra mim. Eu vou mandar
   as crianças sim, porque meu destino
   depende disso. Pode deixar... *(Tempo)* Vem
   aqui agora, vem... Quero olhar bem
   pra você um pouco mais, meu menino
   Tu vai gostar de ouvir isso: depois
   de você, vai ser difícil tirar
   a roupa pra outro macho. Vem deitar...
   Assim... Não se aborreça porque os dois
   meninos vão lá no teu casamento,
   viu? Eles vão saber se comportar
   E esse é o único jeito de eu mostrar
   que já acabou o meu ressentimento
   E olha, tem mais... Quando você cansar
   da moça e tiver saudade da minha
   cama, vem pra cá, vem que eu tou sozinha...
   Quando quiser... Não precisa avisar...
   (Os dois se abraçam; lentamente ele vai tirando o seu
   corpo do dela e sai; nasce orquestra. JOANA *canta)*
   Já lhe dei meu corpo, não me servia
   Já estanquei meu sangue, quando fervia
   Olha a voz que me resta
   Olha a veia que salta
   Olha a gota que falta
   Pro desfecho da festa
   Por favor
   Deixa em paz meu coração
   Que ele é um pote até aqui de mágoa

E qualquer desatenção
— faça não
Pode ser a gota d'água
   Orquestra emenda para uma suíte, nos diferentes sets
— *Duas vizinhas vestindo a noiva (*ALMA*) cantando refrão de* Filosofia da vida
— *Dois vizinhos vestindo o noivo (*JASÃO*) cantando refrão de* Filosofia da vida
— CREONTE *em sua cadeira, cantando* Refrão de Creonte
— *Três vizinhos, no botequim, vestidos para o casamento, brincando e cantando* Flor da idade
— EGEU *em sua oficina, trabalhando, sem cantar*
— *Três vizinhas, preparando a mesa do banquete e cantando* Flor da idade
— ALMA *cantando uma estrofe de* Bem-querer
— JASÃO *cantando uma estrofe de* Bem-querer
Agora, cada setor cantarola sua ária; BG; luz fica em resistência em todos os sets e acende, clara e brilhante, no set de JOANA, *que, habilmente, tempera com ervas uns bolos de carne*

JOANA.   Tudo está na natureza
encadeado e em movimento —
cuspe, veneno, tristeza,
carne, moinho, lamento,
ódio, dor, cebola e coentro,
gordura, sangue, frieza,
isso tudo está no centro
de uma mesma e estranha mesa
Misture cada elemento —
uma pitada de dor,
uma colher de fomento,
uma gota de terror
O suco dos sentimentos,
raiva, medo ou desamor,
produz novos condimentos,
lágrima, pus e suor

Mas, inverta o segmento,
intensifique a mistura,
temperódio, lagrimento,
sangalho com tristezura,
carnento, venemoinho,
remexa tudo por dentro,
passe tudo no moinho,
moa a carne, sangre o coentro,
chore e envenene a gordura
Você terá um unguento,
uma baba, grossa e escura,
essência do meu tormento
e molho de uma fritura
de paladar violento
que, engolindo, a criatura
repara o meu sofrimento
co'a morte, lenta e segura

Orquestra sobe; todos sobem cantando, cada um com sua ária; luz brilhante nos sets, em resistência no set de JOANA; a coreografia agora vai fazendo todos mudarem de set, até que se agrupem num só ambiente; passagem indicando que a festa de casamento começou; agora todos cantam em BG; luz em resistência, e clara, no set de JOANA, que veste os filhos

JOANA. *(Vestindo os filhos)*
Eles pensam que a maré vai mas nunca volta
Até agora eles estavam comandando
o meu destino e eu fui, fui, fui, fui recuando,
recolhendo fúrias. Hoje eu sou onda solta
e tão forte quanto eles me imaginam fraca
Quando eles virem invertida a correnteza,
quero saber se eles resistem à surpresa,
quero ver como eles reagem à ressaca *(Tempo)*
Meus filhos, vocês vão lá na solenidade,

digam à moça que mamãe está contente
tanto assim que lhe preparou este presente
pra que ela prove como prova de amizade
Beijem seu pai, lhe desejem felicidade
co'a moça e voltem correndo, que eu e vocês
também vamos comemorar, sós, só nós três,
vamos mastigar um naco de eternidade
(Entrega o pacote; grita)
Corina, Corina... (CORINA *aparece vestida para o casamento)*
Vem cá, pode levar
os meninos à festa...
CORINA.   Ah, Joana, de verdade...
Sabe, você não calcula a felicidade
que me dá *(Beija* JOANA*)* Não adianta brigar *(Sai)*
JOANA.   *(Só, vendo os filhos saindo)*
Não, eles não. Por que, meu Deus? Que atrocidade
Eles não têm nada co'isso. Vou esconder
os dois com mestre Egeu e depois vou correr
Conheço todos os covis desta cidade
  Sobe orquestra; sobe coreografia; agora, todos cantam e
                 dançam alegremente
TODOS.   Carlos amava Dora que amava Léa que amava Lia que amava Paulo que amava Juca que amava Dora que amava...
Carlos amava Dora que amava Rita que amava Dito que amava Rita que amava Dito que amava Rita que amava...
Carlos amava Dora que amava tanto que amava Pedro que amava a filha que amava Carlos que amava Dora que amava toda a quadrilha...
amava toda a quadrilha...
amava toda a quadrilha...
Fim da coreografia; os meninos entram na festa, com o pacote na mão, acompanhados por CORINA — JASÃO *e* ALMA *veem os meninos;* CORINA *leva os meninos a* JASÃO *e à noiva*

ALMA.   Não precisava. Ou ela vocifera
ou puxa o saco...
FILHO 1.   Mamãe que mandou *(Entrega o pacote)*
ALMA.   *(Recebendo)*
Obrigada... *(Toca, desajeitada, na cabeça dos
garotos; um tempo de constrangimento)*
FILHO 2.   Pra saber se gostou
tem que abrir...
ALMA.   Ah, sim... *(Ri com a frase do garoto
e começa a abrir; todos os presentes já prestam
atenção à cena; ouve-se a voz de* CREONTE*)*
CREONTE.   O que é isso? Espera
um pouco. São seus meninos, Jasão?
JASÃO.   São...
ALMA.   Trouxeram um presente, olha aqui...
CREONTE.   Que é isso... Quem que mandou isso aí?
(Apanha o pacote)
FILHO 1. Mamãe...
CREONTE.   De jeito nenhum... Não, não, não...
Me leva essa porcaria. Não quero
conversa com aquela mulher. Vai...
(Fazendo sinal pra CORINA *e pros garotos)*
Vamos embora, vamos indo...
ALMA.   Pai...
JASÃO.   São meus filhos, espera um pouco...
CREONTE.   Espero
o quê? Tá louco?...
JASÃO.   Eu falei co'o senhor
sobre os meninos...
CREONTE.   Mas não falou nisso
deles virem hoje trazer feitiço
daquela dona... *(Para* CORINA*)*
A senhora, é favor
levar essas crianças. Se quiser

tem comida aí sobrando. A senhora
faça um prato depressa e vá-se embora *(Tempo)*
Mas que desacato dessa mulher...
*(CORINA sai, apressada, com os filhos que levam o
pacote;* CREONTE *se dirige pra outro ponto da festa; ficam*
ALMA *e* JASÃO*)*
ALMA.   Não fica assim, Jasão...
JASÃO.   São os meus filhos...
Seu pai não pode me tratar assim...
ALMA.   Esquece, Jasão, por favor, por mim...
Depois você bota papai nos trilhos...
JASÃO.   Não pode...
ALMA.   Aguenta, Jasão, pra não dar
escândalo, Jasão, aguenta a mão
CREONTE.   *(Noutro ponto do palco)*
Senhoras e senhores, atenção
A nossa orquestra vai executar
o samba de meu genro, popular
em todas as paradas do país
E que depois de *Palpite infeliz*
não tem igual. Vamos todos dançar
Orquestra sobe com Gota d'água, *só tocando; luz escurece;*
orquestra segue; luz no set de JOANA*; chega* CORINA
com as crianças, que deixam o pacote e
correm para dentro
JOANA.   *(Vendo que elas não entregaram o pacote)*
Que foi?...
CORINA.   Creonte não quis receber
JOANA.   Não...
CORINA.   Pensou que era feitiço, mulher...
JOANA.   Não...
CORINA.   Creonte não quis nem acolher
as crianças...
JOANA.   Não...

CORINA.   É, nem quis saber
   Mal os coitados botaram os pés
   na porta, ele expulsou... Mas o Jasão...
   Não sei como ele aguentou isso, não
   Botam seus filhos na rua e ao invés
   de chiar, o desgraçado ficou
   sem se mexer. Sem se mexer, mulher...
JOANA.   Não conta mais, Corina. Você quer
   me deixar sozinha um pouco? Eu estou
   meio tonta...
CORINA.   Comadre, olha o que faz...
JOANA.   Tá bem, mas me deixa comigo um pouco
   que tá fazendo um barulho de louco
   na minha cabeça e eu preciso paz
CORINA.   *(Saindo)*
   Vou comadre, mas se você quiser...
JOANA.   Tá bem... (CORINA *sai;* JOANA *apanha o pacote de bolo e começa a abrir; tempo; volta* CORINA)
CORINA.   Joana, se quiser dormir, vá
   sossegada que eu fico lá e cá,
   olhando as crianças...
JOANA.   Tá bem, mulher...
   Tá bem... Mas agora me deixa só...
   (CORINA *sai; recomeça a desfazer o pacote*)
   Meu senhor, olhe pra mim, tenha dó,
   Pai; por que, meu Pai? Você não deixou?
   Como foi que Creonte farejou,
   meu Ganga? Responde, aponta uma estrada
   Pra quem padece como eu não há nada
   que ajude mais do que o padecimento
   de quem me oprime. Foi só um momento
   de alívio que eu pedi. Não pode ser?
   É possível que o Pai quis proteger
   Jasão, que larga os filhos nas esquinas

e que se entrega ao canto das ondinas?
Quis defender Creonte, esse ladrão
do rosto humano e a cauda de escorpião?
É justo conservar esse homem vivo?
E a filha, que mantém Jasão cativo
transformando em porcos os seus amigos?
Xangô, meu Pai, salvou meus inimigos
por que motivo? De que serve a vida
deles? Eu tenho que sair ferida,
abandonada, doida, sem abrigo
Não, não pode fazer isso comigo,
meu Ganga. Não, não pode ser. Você
quer eles vivos para quê? Por quê?
Meu Ganga, meu Pai Xangô, o senhor
quer dizer que há sofrimento maior
do que morrer com veneno cortando
as entranhas... escorrendo, arruinando,
fazendo a carne virar uma pasta
por dentro?... *(Grita)* Não, Senhor... É isso? Afasta
de mim essa ideia, meu Pai... Mas não,
meu Ganga, é pior... Pior, tem razão
Esse é o caminho que o Senhor me aponta
Aí em cima você toma conta
das crianças?... *(Grita)* Não!...
(Com o grito as crianças aparecem)
 Vêm, meus
 filhos, vêm...
(Os filhos chegam perto; ela abraça os dois)
FILHO 1. Queria comer...
FILHO 2. Tou com fome...
JOANA. Tem
 comida, vem... Isso é o que o senhor quer?
(Abraça os filhos profundamente um tempo)
Meus filhos, mamãe queria dizer

uma coisa a vocês. Chegou a hora
de descansar. Fiquem perto de mim
que nós três, juntinhos, vamos embora
prum lugar que parece que é assim:
é um campo muito macio e suave,
tem jogo de bola e confeitaria
Tem circo, música, tem muita ave
e tem aniversário todo dia
Lá ninguém briga, lá ninguém espera,
ninguém empurra ninguém, meus amores
Não chove nunca, é sempre primavera
A gente deita em beliche de flores
mas não dorme, fica olhando as estrelas
Ninguém fica sozinho. Lá não dói,
lá ninguém vai nunca embora. As janelas
vivem cheias de gente dizendo oi
Não tem susto, é tudo bem devagar
E a gente fica lá tomando sol
Tem sempre um cheirinho de éter no ar,
a infância perpetuada em formol
(Dá um bolinho e põe guaraná na boca dos filhos)
A Creonte, à filha, a Jasão e companhia
vou deixar esse presente de casamento
Eu transfiro pra vocês a nossa agonia
porque, meu Pai, eu compreendi que o sofrimento
de conviver com a tragédia todo dia
é pior que a morte por envenenamento

JOANA *come um bolo; agarra-se aos filhos; cai com eles no chão;*
a luz desce em seu set; *sobem, brilhantes, luz e orquestra da festa*
onde todos, com a maior alegria, cantam
Gota d'água; *vai subindo de intensidade até o clímax, quando se*
ouve um grito lancinante... É CORINA *que grita;*
ao mesmo tempo CREONTE *bate palmas*
e a música para

CREONTE.   Atenção, pessoal, vou falar rapidamente
Jasão... vem cá... Meus caros amigos, agora,
aproveitando a ocasião e aqui na frente
de todo mundo, quero anunciar que de ora
em diante a casa tem novo dono. A cadeira
que foi de meu pai e foi minha vai passar
pra quem tem condições, e que é de minha inteira
confiança, para poder continuar
a minha obra, acrescentando sangue novo
Portanto, sentando Jasão aí eu provo:
não uso preconceitos ou discriminação
Quem vem de baixo, tem valor e quer vencer
tem condições de colaborar pra fazer
nossa sociedade melhor... Senta, Jasão
JASÃO *senta; um tempo; ouve-se um burburinho de vozes;*
entra EGEU *carregando o corpo de* JOANA *no colo*
e CORINA *carregando os corpos dos filhos; põem*
os corpos na frente de CREONTE *e* JASÃO;
um tempo; imobilidade geral;
uma a uma, as vozes começam a cantar
Gota d'água; *reversão de luz; os atores que fazem*
JOANA *e filhos levantam-se e passam a cantar*
também; ao fundo, projeção de
uma manchete sensacionalista noticiando
uma tragédia.

O texto deste livro foi composto em Sabon, desenho tipográfico de Jan Tschichold de 1964, baseado nos estudos de Claude Garamond e Jacques Sabon no século XVI, em corpo 11/14. Para títulos e destaques, foi utilizada a tipografia Frutiger, desenhada por Adrian Frutiger em 1975.

A impressão se deu sobre papel off-white pelo Sistema Digital Instant Duplex da Divisão Gráfica da Distribuidora Record.